ギルティゲーム

宮沢みゆき／著
鈴羅木かりん／イラスト

★小学館ジュニア文庫★

GUILTY GAME

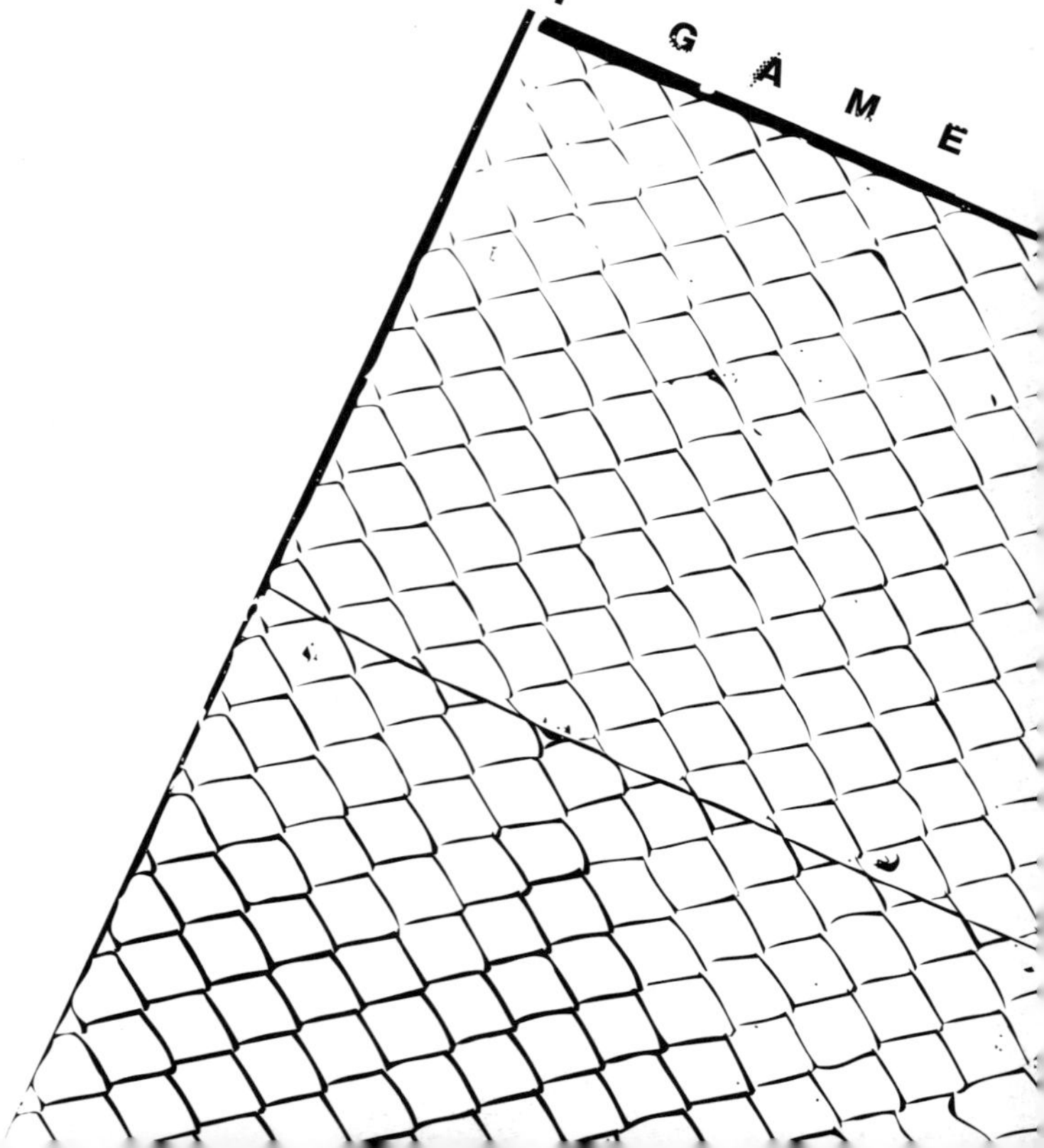

ド
ボクは未来《みらい》警察《けいさつ》ギロンパ！
未来《みらい》の犯罪者《はんざいしゃ》である君達《きみたち》を罰《ばっ》するためにやってきた、正義《せいぎ》の味方《みかた》だロン！
み、未来《みらい》の……犯罪者《はんざいしゃ》…？
ザワ…
深海恭哉《ふかみきょうや》。未来《みらい》の罪状《ざいじょう》・業務上横領《ぎょうむじょうおうりょう》！
加納姫乃《かのうひめの》。未来《みらい》に犯《おか》す罪状《ざいじょう》・公職選挙法違反《こうしょくせんきょほういはん》！
なんですって!?
そして北上美晴《きたかみみはる》！！

オマエの罪状《ざいじょう》は業務《ぎょうむ》上《じょう》過失《かしつ》致死《ちし》だローン！
ギルティゲームで3日《か》間《かん》生《い》き延《の》びた者《もの》だけが未来《みらい》の罪《つみ》を許《ゆる》される！
ウソ…そんな…！
君達《きみたち》が助《たす》かる方法《ほうほう》はひとつだけ…

何人《なんにん》の挑戦者《ちょうせんしゃ》がゲームをクリアできるかニャ～？
ウキャキャキャキャキャキャ！
ピョン　ピョン
ギロンパ、超《ちょう》たっのしみ～～～♪
てめー、ギロンパ！絶対許《ぜったいゆる》さない!!
その薄汚《うすぎたな》い着《き》ぐるみから中身《なかみ》引《ひ》きずり出《だ》してボコボコにしてやる！
どうしよう…
私《わたし》たち、殺《ころ》されちゃうの…？
…しかない
え？

3日《か》間《かん》、生《い》き延《の》びるしかない
そしてアイツが何者《なにもの》なのか──真実《しんじつ》を暴《あば》く
う、うん……！
コクッ
ギロンパなんかに絶対《ぜったい》に負《ま》けない
私達《わたしたち》の未来《みらい》は、
私達《わたしたち》で守《まも》ってみせる──！

live or die
生《せい》か死《し》か…

CONTENTS

目次

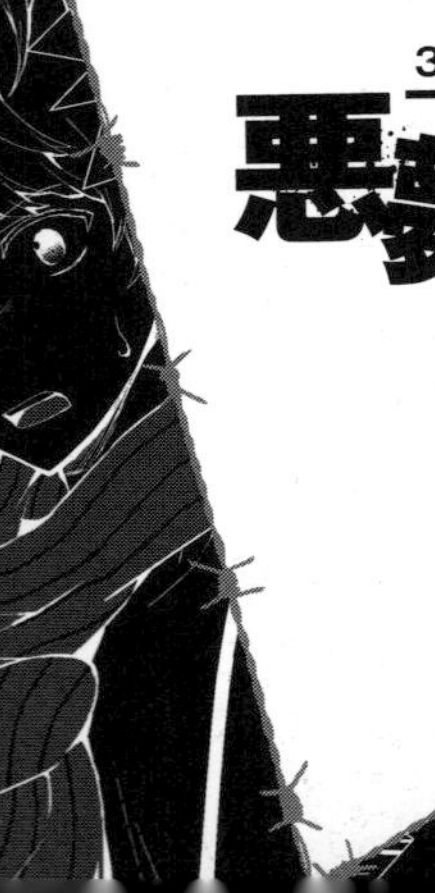

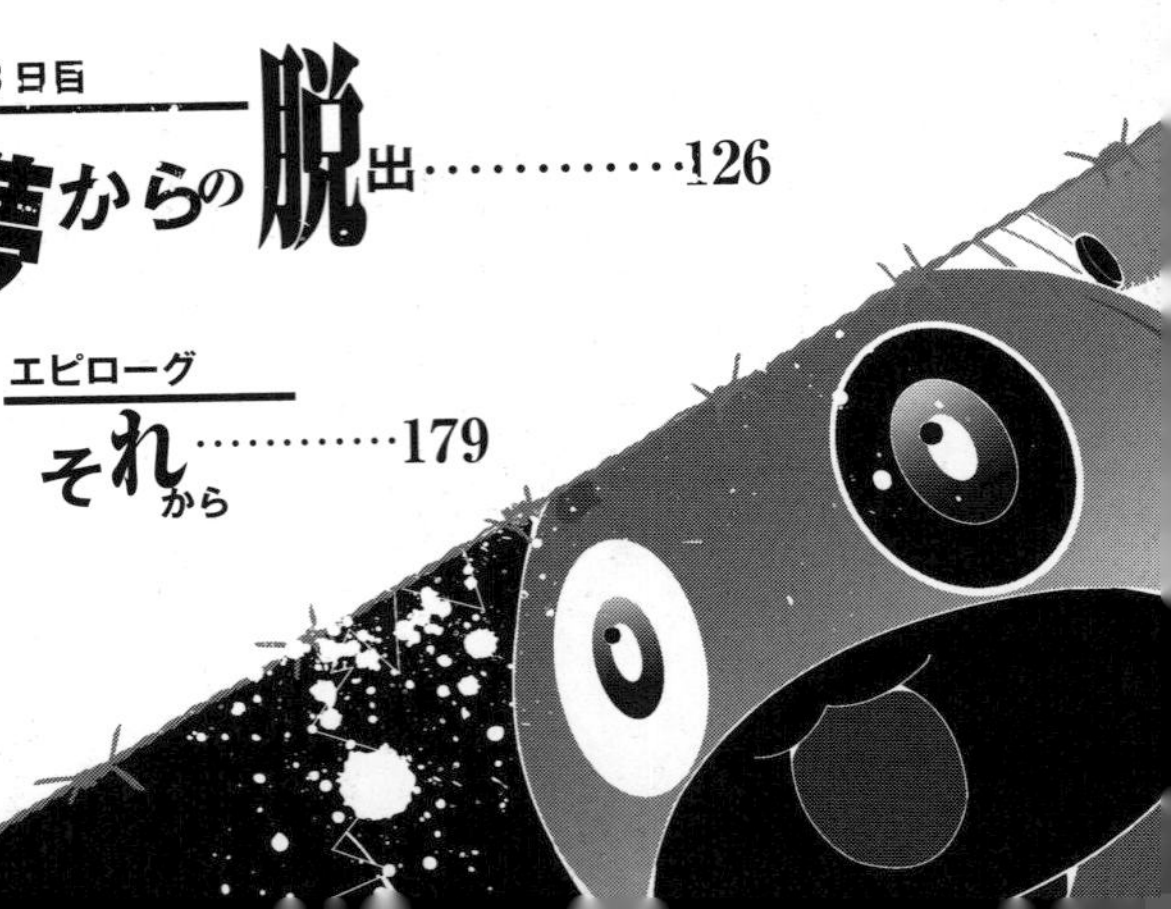

ギロンパ

【未来《みらい》の警察《けいさつ》】と名乗《なの》る謎《なぞ》の着《き》ぐるみ。ギルティゲームの主催者《しゅさいしゃ》。

北上美晴《きたかみみはる》(12)

桃《もも》が原小学校《はらしょうがっこう》に通《かよ》う6年生《ねんせい》。実家《じっか》は病院《びょういん》を経営《けいえい》しており、どんな状況《じょうきょう》でも前向《まえむ》き。

木本麻耶《きもとまや》(12)

正義感《せいぎかん》が強《つよ》く、アネゴ肌《はだ》の女《おんな》の子《こ》。

深海恭哉《ふかみきょうや》(12)

頭《あたま》が良《よ》くスポーツ万能《ばんのう》で、【桃《もも》が原小《はらしょう》の王子《おうじ》】と呼《よ》ばれている。

永富 潮《ながとみうしお》(12)

麻耶《まや》と同《おな》じ小学校《しょうがっこう》で、麻耶《まや》を尊敬《そんけい》している。アイドルのように可《か》愛《わい》く可憐《かれん》な容姿《ようし》だが、意外《いがい》に力持《ちからも》ち。

大井雷太《おおいらいた》(12)

ギルティゲームで出《で》会《あ》った少年《しょうねん》。ライと名《な》乗《の》り、タブレットとノートパソコン2台《だい》を使《つか》いこなす。

CHARACTERS

キャラクター紹介《しょうかい》

プロローグ

ギロンパからの挑《ちょう》戦《せん》状《じょう》

ハ～イ、ここに集《あつ》まった少年少女諸君《しょうねんしょうじょしょくん》。

ボクの名前《なまえ》はギロンパ。未来《みらい》からやってきた頼《たの》もしい正義《せいぎ》の味方《みかた》だロン☆

さ～て、ここで問題《もんだい》！　君達《きみたち》はなんでいきなりこんな見知《みし》らぬ場所《ばしょ》に集《あつ》められたと思《おも》う？

ウキャキャキャ！　正解《せいかい》は君達《きみたち》を罰《ばっ》するため！　君達《きみたち》は大人《おとな》になった時《とき》に殺人《さつじん》や窃盗《せっとう》、傷害《しょうがい》に詐欺《さぎ》……様々《さまざま》な罪《つみ》を犯《おか》してしまう極悪人《ごくあくにん》。そんな君達《きみたち》を断罪《だんざい》するために建《た》てられたのがこの牢獄《ろうごく》……ギルティプリズンなのだロン！

え？　ウソ？　信《しん》じられない？　いいかげんなことを言《い》うな？

ヒャヒャヒャヒャッ、信《しん》じたくない気持《きも》ちはわかるけど、未来《みらい》からやってきたボクのいうことにウソ偽《いつわ》りはなし！

君達《きみたち》は近《ちか》い将来《しょうらい》、確実《かくじつ》に社会《しゃかい》からドロップアウトするどうしようもない奴《やつ》らの集《あつ》まりなんだロン！

だっけど～、正義《せいぎ》の味方《みかた》であるボクはとっても優《やさ》しいんだロン。

まだ実行《じっこう》してない犯罪《はんざい》で捕《つか》まるなんて君達《きみたち》も不本意《ふほんい》だろうしぃ、一回《いっかい》ぐらい生《い》き残《のこ》りのチャンスを与《あた》えてあげるんだロン！

そんなわけで未来《みらい》の犯罪者《はんざいしゃ》である君達《きみたち》のために、これからゲームを始《はじ》めるロン。

このギロンパが考案《こうあん》したスペシャルゲーム……それはギルティゲーム！

ギルティゲームで3日間《かかん》生《い》き延《の》びた者《もの》だけが未来《みらい》の罪《つみ》を許《ゆる》され、この牢獄《ろうごく》から脱出《だっしゅつ》できる！

さぁて、一体何人《いったいなんにん》の挑戦者《ちょうせんしゃ》がゲームをクリアできるかニャ～？

ウキャキャキャキャキャキャ！

ギロンパ、超《ちょう》たっのしみ～～～♪

1日目《にちめ》

恐怖《きょうふ》の始《はじ》まり

5月《がつ》17日《にち》。今日《きょう》は特《とく》に何《なに》もない普通《ふつう》の日《ひ》……のはずだった。

私《わたし》、北上《きたかみ》美晴《みはる》。桃《もも》が原小学校《はらしょうがっこう》に通《かよ》う6年生《ねんせい》。

自慢《じまん》はサラサラの黒髪《くろかみ》ストレート。残念《ざんねん》ながらルックスは、普通《ふつう》すぎるくらい普通《ふつう》。

私《わたし》のお父《とう》さんはこの辺《あた》りでは有名《ゆうめい》なお医者《いしゃ》さんで、北上内科医院《きたかみないかいいん》という個人病院《こじんびょういん》を経営《けいえい》している。だからよく友達《ともだち》や近所《きんじょ》のおばさんに『いつか美晴《みはる》ちゃんもお父《とう》さんの跡《あと》を継《つ》いで、立派《りっぱ》なお医者《いしゃ》さんになるのよね？』と言《い》われることが多《おお》い。

でも私《わたし》はどっちかというと勉強《べんきょう》は苦手《にがて》。今日《きょう》も算数《さんすう》のテストで55点《てん》を取《と》ってしまって、クラスの男子《だんし》にからかわれた。

『北上医院《きたかみいいん》の跡取《あとと》り娘《むすめ》のくせに、算数《さんすう》もろくにできないなんてマジうける〜』

……って。

とっても悔《くや》しかったけど、こんなふうにからかわれるのは日常茶飯事《にちじょうさはんじ》なので、男子《だんし》の言《い》

うことなんてシカトした。

だけど『北上医院《きたかみいいん》の美晴《みはる》ちゃん』と呼《よ》ばれることは私《わたし》にとって大《おお》きなプレッシャーで。

できすぎた親《おや》を持《も》つと、なんやかんやで子供《こども》は苦労《くろう》するのだ。

「はぁ、家《いえ》に帰《かえ》りたくないなぁ……」

放課後《ほうかご》。私《わたし》はなるべく遠回《とおまわ》りになる道《みち》を選《えら》びながら、一人《ひとり》とぼとぼと歩《ある》いていた。

お母《かあ》さんは私《わたし》にお医者《いしゃ》さんになってほしいらしく、今《いま》から私立《しりつ》の中学校《ちゅうがっこう》を受験《じゅけん》させる気《き》満々《まんまん》だ。なのに算数《さんすう》のテスト、55点《てん》だし……。

ハァ、なんだか今日《きょう》はいつも以上《いじょう》に気《き》が重《おも》いよ……。

——きらり

ふと西《にし》の空《そら》を見《み》ると、一番星《いちばんぼし》じゃない何《なに》かが光《ひか》った気《き》がした。

飛行機《ひこうき》かな？　それとも何《なに》かの鳥《とり》？

眩《まぶ》しい夕日《ゆうひ》に目《め》を細《ほそ》めながら、私《わたし》は家《いえ》まであともう少《すこ》しという所《ところ》で立《た》ち止《ど》まる。

——と、その時《とき》、誰《だれ》かが真後《まうし》ろに近《ちか》づく気配《けはい》がした。

「北上美晴《きたかみみはる》ちゃん？」

「あ、はい？」

一体誰《いったいだれ》だろうと振《ふ》り向《む》こうとした瞬間《しゅんかん》、首《くび》の付《つ》け根《ね》辺《あた》りにガツンッと強《つよ》い衝撃《しょうげき》が走《はし》った。

痛《いた》い！　と叫《さけ》ぶ間《ま》もなく、私《わたし》はくらくらと目《め》まいを起《お》こして、バタンッと道路《どうろ》の上《うえ》に倒《たお》れる。

「ウキャキャ、第《だい》1ターゲット無事確保《ぶじかくほ》!!　それじゃあ早速《さっそく》ゲームを始《はじ》めるロ～ン♪」

「……っ！」

急激《きゅうげき》に意識《いしき》がなくなっていく中《なか》、私《わたし》は必死《ひっし》に薄目《うすめ》を開《あ》けて自分《じぶん》を襲《おそ》った人物《じんぶつ》の顔《かお》を見《み》ようとした。

……まるでピエロみたいに陽気《ようき》な声《こえ》と、複雑《ふくざつ》な曲線《きょくせん》が折《お》り重《かさ》なった丸《まる》いシルエット。

だけどその顔《かお》を確認《かくにん》することはできず、私《わたし》はガクリと意識《いしき》を失《うしな》ってしまう。

これが最初《さいしょ》。全《すべ》ての恐怖《きょうふ》の始《はじ》まり。

私《わたし》の人生《じんせい》の歯車《はぐるま》が、大《おお》きくくるい始《はじ》めた瞬間《しゅんかん》だった。

◇◆◇◇◆◇

ひゅおぉぉ────……と遠《とお》くから風《かぜ》の音《おと》が聞《き》こえて、私《わたし》はうっすらと目《め》を覚《さ》ました。重《おも》たい体《からだ》を起《お》こして辺《あた》りを見回《みまわ》すと、そこは見知《みし》らぬ場所《ばしょ》だった。

「え？　ここ、どこ!?　なんで私《わたし》こんな所《ところ》に……っ」

慌《あわ》てて飛《と》び起《お》きて、周囲《しゅうい》をきょろきょろと見回《みまわ》した。私《わたし》が倒《たお》れていたのは灰色《はいいろ》のコンクリートでできた大《おお》きなホールのような場所《ばしょ》。

「あれ？　私家《わたしいえ》に帰《かえ》る途中《とちゅう》だったはず、なのに……」

目覚《めざ》めてすぐだったせいか、私《わたし》の頭《あたま》は混乱《こんらん》した。ホールには大《おお》きな窓《まど》があって、そこからは見張《みは》り台《だい》のような鉄塔《てっとう》と、ものすごく高《たか》い壁《かべ》が見《み》える。

……やっぱりこんな場所《ばしょ》、全然記憶《ぜんぜんきおく》にない。何《なに》がなんだかわからなくて呆然《ぼうぜん》としてると、周《まわ》りでもそもそと誰《だれ》かが動《うご》く気配《けはい》がした。

「ちょ、ここ、どこ？」

「なんでオレ、こんな所《ところ》に……っ」

「！」

そこで私《わたし》は初《はじ》めて自分以外《じぶんいがい》の人間《にんげん》がいるのに気《き》づいた。みんな私《わたし》と同《おな》じ年《とし》くらいの子《こ》。

しかもその数《かず》は50人《にん》……ううん、もしかして100人近《にんちか》くいるかもしれない。

もしかして、みんなも無理《むり》やりここに連《つ》れてこられたのかな？

でももしそうなら、一体誰《いったいだれ》がこんなこと……？

ぼんやりとしていた意識《いしき》がようやくはっきりしてきたけど、ますます疑問《ぎもん》と不安《ふあん》が大《おお》きくなっていった。

「ねぇ、もしかして君《きみ》、5組《くみ》の北上《きたかみ》さん？」

「きゃっ！」

その時《とき》、不意《ふい》に後《うし》ろから軽《かる》く肩《かた》を叩《たた》かれて、私《わたし》は軽《かる》く飛《と》び上《あ》がった。

恐《おそ》る恐《おそ》る振《ふ》り返《かえ》れば、すぐ後《うし》ろに見《み》たことのある男《おとこ》の子《こ》が立《た》っている。

「あ、もしかして……3組《くみ》の深海《ふかみ》くん？」

「よかった。やっぱり北上《きたかみ》さんか！」

私《わたし》が目《め》を丸《まる》くしながら返事《へんじ》をすると、男《おとこ》の子《こ》――深海恭哉《ふかみきょうや》くんはパアッと嬉《うれ》しそうに笑《わら》った。その笑顔《えがお》がカッコよすぎて、こんな時《とき》なのに私《わたし》の頬《ほお》はほんのりと赤《あか》くなる。

「安心《あんしん》した、知《し》り合《あ》いに会《あ》えて。さっきから辺《あた》りを探《さが》しても知《し》ってる人《ひと》がいなくて心細《こころぼそ》く思《おも》ってたところなんだ」

「わ、私《わたし》も……。あ、でも深海《ふかみ》くん、よく私《わたし》の顔《かお》と名前《なまえ》、知《し》ってたね……」

私《わたし》は深海《ふかみ》くんと視線《しせん》を合《あ》わすのが照《て》れくさくて、少《すこ》しうつむきがちに話《はな》す。

深海恭哉《ふかみきょうや》くんといえば、我《わ》が桃《もも》が原小《はらしょう》で一番《いちばん》のイケメンだ。

少《すこ》し日本人離《にほんじんばな》れした色素《しきそ》の薄《うす》い髪《かみ》と彫《ほ》りの深《ふか》い顔《かお》。確《たし》かお祖父《じい》さんが外国人《がいこくじん》なのだと噂《うわさ》に聞《き》いたことがある。何《なに》より深海《ふかみ》くんは頭《あたま》もよくてスポーツ万能《ばんのう》！　学校中《がっこうじゅう》の女子《じょし》にモテモテで、ついたあだ名《な》が「桃《もも》が原小《はらしょう》の王子《おうじ》」。

前々《まえまえ》から深海《ふかみ》くんのことは知《し》っていたけれど、私《わたし》と彼《かれ》は同《おな》じクラスになったこともなければ、お喋《しゃべ》りしたこともない。だからまさかこんな場所《ばしょ》で、深海《ふかみ》くんのほうから話《はな》しかけられるなんて夢《ゆめ》にも思《おも》わなかった。

「もちろん北上《きたかみ》さんのことは知《し》ってるよ。北上医院《きたかみいいん》のお嬢《じょう》さんといえば有名《ゆうめい》だし」

「そ、そうなんだ……」

「北上《きたかみ》さんもボクのこと、知《し》っててくれたんだ。よかった」

「も、もちろんだよ！　桃《もも》が原小《はらしょう》で深海《ふかみ》くんのことを知《し》らない人間《にんげん》なんていないよ！」

握《にぎ》り拳《こぶし》を作《つく》りながら力説《りきせつ》すると、深海《ふかみ》くんは人懐《ひとなつ》っこい顔《かお》で再《ふたた》びニコッと笑《わら》う。

ああ、やっぱり見《み》れば見《み》るほどカッコいいなぁ。

こんなふうに誰《だれ》とでも仲良《なかよ》くなれるから、深海《ふかみ》くんは女子《じょし》からモテモテなんだと思《おも》う。

「そっか、ありがと。あ、ボクのことは恭哉《きょうや》って名前《なまえ》で呼《よ》んでくれてかまわないから。クラスの連中《れんちゅう》もそうだし、堅苦《かたくる》しくて他人行儀《たにんぎょうぎ》な話《はな》し方《かた》、苦手《にがて》なんだ」

「う、うん、わかった。じゃあ私《わたし》のことも美晴《みはる》って……」

呼《よ》んでいいよと言《い》いながら、私《わたし》の胸《むね》はドキドキしていた。そんな場合《ばあい》じゃないと言《い》うのに、まさかこんな形《かたち》で深海《ふかみ》くん——改《あらた》め、恭哉《きょうや》くんと急接近《きゅうせっきん》できるなんて。クラスの女子《じょし》

に話《はな》したら、きっとうらやましがられるに違《ちが》いない。

「それにしてもここはどこなのかな。この首輪《くびわ》も気《き》づいたらつけられてたし」

「あ、本当《ほんとう》だ。何《なに》これ!?」

恭哉《きょうや》くんに指摘《してき》されて、私《わたし》は初《はじ》めて自分《じぶん》の首《くび》にドーナッツ形《がた》の首輪《くびわ》がつけられているのに気《き》づいた。よく見《み》れば、ここに集《あつ》められた全員《ぜんいん》にカラフルな首輪《くびわ》が装着《そうちゃく》されている。

私《わたし》はピンクで恭哉《きょうや》くんはブルー。

すると近《ちか》くにいた別《べつ》の男《おとこ》の子《こ》が突然《とつぜん》声《こえ》を荒《あら》らげ、空中《くうちゅう》に向《む》かって叫《さけ》んだ。

「おい、いいかげんにしろっ！　ここは一体《いったい》どこだ!?　誘拐犯《ゆうかいはん》、いるなら姿《すがた》を現《あらわ》せよ！」

「！」

その時《とき》、私《わたし》はようやく自分《じぶん》が誘拐《ゆうかい》されたということに気《き》づいた。

激《はげ》しい怒《いか》りはあっという間《ま》にみんなに伝染《でんせん》して、あちこちから抗議《こうぎ》の声《こえ》が上《あ》がる。

「そうよ、なんでこんな場所《ばしょ》に連《つ》れてこられなきゃなんないの!?　今《いま》すぐ家《いえ》に帰《かえ》して！」

「誰《だれ》か警察《けいさつ》に通報《つうほう》しろ！　助《たす》けを呼《よ》ぶんだ！」

「そうだ。電話《でんわ》にGPS《ジーピーエス》もついてるんだぞ！」

そう叫《さけ》ぶとランドセルからスマホを取《と》り出《だ》して、警察《けいさつ》に連絡《れんらく》しようとした。

ラッキーなことに、私達《わたしたち》は荷物《にもつ》までは奪《うば》われていなかったみたいだ。

私《わたし》も急《いそ》いでスマホを取《と》り出《だ》して110番《ばん》してみる。だけどいくらスマホ画面《がめん》をタップしても、ツーツーというむなしいビジートーンだけしか聞《き》こえなかった。

——ウー……ウー……ファンファン…ファンファン……

「あ、パトカーのサイレン!?」

誰《だれ》かの通報《つうほう》が繋《つな》がったのか、パトカーが近《ちか》づいてくる音《おと》がした。

みんな一斉《いっせい》にパッと笑顔《えがお》になり、歓声《かんせい》が上《あ》がるけど……。

——ガチャン。

それまで明《あか》るかったホール内《ない》の照明《しょうめい》が一気《いっき》に落《お》とされ、私《わたし》は思《おも》わず「きゃあ！」と悲鳴《ひめい》を上《あ》げた。真《ま》っ暗闇《くらやみ》の中《なか》に急《きゅう》に放《ほう》り出《だ》され、他《ほか》の子達《こたち》もざわざわと騒《さわ》ぎだす。

「あ、美晴《みはる》ちゃん、見《み》て、あそこ！」

「！」

恭哉《きょうや》くんが慌《あわ》てて指《ゆび》さした先《さき》——ホール上空《じょうくう》に真《ま》っ赤《か》なスポットライトが当《あ》たり、巨大《きょだい》スクリーンと金色《きんいろ》のゴンドラが現《あらわ》れた。ゴンドラには警察《けいさつ》の制服《せいふく》を着《き》た何者《なにもの》かが乗《の》っている。

「パンパカパーン♪　ようこそ、ギルティプリズンへ！　警察《けいさつ》に電話《でんわ》をくれたのは君達《きみたち》かニャ？　でもざーんねん。未来《みらい》の警察《けいさつ》ギロンパ様《さま》の役割《やくわり》は、君達《きみたち》をここから出《だ》さないこと！　なんだロ～ン♪」

「えっ⁉」

警察《けいさつ》のサイレンと共《とも》に登場《とうじょう》したのは………見《み》るからに怪《あや》しい人物《じんぶつ》だった。

大《おお》きな瞳《ひとみ》に全体的《ぜんたいてき》に丸《まる》いフォルム。パッと見《み》たところ、どこかのテーマパークのマスコットキャラクターっぽい可愛《かわい》い着《き》ぐるみが警察官《けいさつかん》のような格好《かっこう》をしている。

着《き》ぐるみの人物《じんぶつ》は甲高《かんだか》い声《こえ》で笑《わら》いながら、自分《じぶん》のことをギロンパと名乗《なの》った。

あの人《ひと》が私達《わたしたち》を誘拐《ゆうかい》した犯人《はんにん》なのかな？　着《き》ぐるみのせいで中《なか》の人《ひと》が男《おとこ》なのか女《おんな》なのか、大人《おとな》なのか子供《こども》なのかはわからない。

突然《とつぜん》見《み》も知《し》らぬ場所《ばしょ》に連《つ》れてこられたこと。

現《あらわ》れた人《ひと》がふざけた着《き》ぐるみ姿《すがた》だったこと。

いろんなことが作用《さよう》して、みんなの怒《いか》りゲージはすぐにマックスになった。

「おい、おまえ、ふざけんな。着《き》ぐるみなんて着《き》てずるいぞ！　素顔《すがお》を見《み》せろ‼」

「そうよ！　警察《けいさつ》の服《ふく》を着《き》てても騙《だま》されないから！」

「帰《かえ》せ！　ボクらを今《いま》すぐ家《いえ》に帰《かえ》せ!!」

「おやおや、みんなちょっと自分《じぶん》の立場《たちば》を分《わ》かっていなさすぎロン～？　残念《ざんねん》だけど君達《きみたち》はこの牢獄《ろうごく》に連《つ》れてこられて当然《とうぜん》の悪《わる》い子《こ》なんだロン。君達《きみたち》は未来《みらい》で罪《つみ》を犯《おか》し、たくさんの人《ひと》に迷惑《めいわく》をかける極悪人《ごくあくにん》の集《あつ》まりなんだから」

「え？　犯罪《はんざい》!?」

「そんなまさか……。ボク達《たち》が!?」

ギロンパは警察《けいさつ》の制服《せいふく》をパッと脱《ぬ》ぎ捨《す》てると、巨大《きょだい》スクリーンを起動《きどう》させた。

画面《がめん》に映《うつ》し出《だ》されたのは『ギロンパからの挑戦状《ちょうせんじょう》』――の文字《もじ》。

挑戦状《ちょうせんじょう》には、

①ここに集《あつ》められた子供達《こどもたち》は未来《みらい》の犯罪者《はんざいしゃ》であること
②それを未来《みらい》の警察《けいさつ》であるギロンパが取《と》り締《し》まるために集《あつ》めたこと
③だけどギルティゲームに参加《さんか》して3日間《かかんい》生《い》き延《の》びられれば未来《みらい》の罪《つみ》が許《ゆる》されること

……などの内容《ないよう》が書《か》かれている。

さらに私《わたし》や恭哉《きょうや》くん、ゲーム参加者《さんかしゃ》のスマホにデータが一斉送信《いっせいそうしん》された。

画面《がめん》に突然《とつぜん》ギロンパの顔《かお》マークが現《あらわ》れ、未来《みらい》の指名手配書《しめいてはいしょ》が表示《ひょうじ》されたのだ。

「北上美晴《きたかみみはる》・28歳《さい》。職業《しょくぎょう》・医師《いし》。罪状《ざいじょう》・業務上過失致死傷《ぎょうむじょうかしつちししょう》……？」

私《わたし》は大《おお》きく目《め》を見開《みひら》きながら、震《ふる》える声《こえ》で指名手配書《しめいてはいしょ》を読《よ》み上《あ》げた。未来《みらい》の指名手配書《しめいてはいしょ》には大人《おとな》の私《わたし》が写《うつ》っていて、警察《けいさつ》に連行《れんこう》されるニュース動画《どうが》なども添付《てんぷ》されている。

どうやら未来《みらい》の私《わたし》は医療《いりょう》ミスを犯《おか》して、患者《かんじゃ》さんを死《し》なせてしまったようだ。

(でもこれって本当《ほんとう》なの？　そもそも私《わたし》がお医者《いしゃ》さんになれたってこと自体《じたい》ウソくさいし……。このデータもギロンパのでっち上《あ》げなんじゃないの？)

すぐにギロンパを信《しん》じられるはずもなくて、私《わたし》は手配書《てはいしょ》を何度《なんど》も読《よ》み返《かえ》した。けれど手《て》配書《はいしょ》に載《の》っている大人《おとな》の私《わたし》は今《いま》の私《わたし》とよく似《に》ている。少《すこ》しコンプレックスになっている右《みぎ》目下《めした》の泣《な》きボクロの位置《いち》まで、そっくり同《おな》じだった。

「深海恭哉《ふかみきょうや》・32歳《さい》。罪状《ざいじょう》・業務上横領《ぎょうむじょうおうりょう》……」

「恭哉《きょうや》くん？」

手配書《てはいしょ》を読《よ》んだみんなの顔《かお》が見《み》る見《み》る青《あお》ざめていく。だってもしもこのデータが本物《ほんもの》なら、ギロンパは本当《ほんとう》に未来《みらい》からやってきた人物《じんぶつ》ということになってしまう。

何《なに》がウソで何《なに》が本当《ほんとう》なのかわからなくて、私《わたし》の頭《あたま》はますます混乱《こんらん》した。

「ウソよ、こんなデタラメ、信《しん》じるはずないじゃない！　そもそも未来《みらい》から来《く》るなんて不《ふ》可能《かのう》でしょ？　あんたいいかげんにしないと、うちのパパに言《い》いつけるわよ!!」

「！」

その時《とき》、私《わたし》のすぐ右斜《みぎなな》め前《まえ》、モデルみたいにキレイな女《おんな》の子《こ》が、みんなの前《まえ》に一歩進《いっぽすす》み出《で》た。くるくるとカールしたポニーテールが特徴的《とくちょうてき》な女《おんな》の子《こ》は、大《おお》きく胸《むね》を張《は》ってゴンドラ上《じょう》のギロンパを強《つよ》く睨《にら》みつける。

「オロロ〜ン？　そーいうあなたは囚人番号《しゅうじんばんごう》28番《ばん》の加納姫乃《かのうひめの》さんではあ〜りませんか？」

「勝手《かって》に囚人番号《しゅうじんばんごう》とかつけてんじゃないわよ!!　このヘンタイ！」

加納姫乃《かのうひめの》と呼《よ》ばれた女《おんな》の子《こ》は、キレイな顔《かお》からは想像《そうぞう》できないような汚《きたな》い言葉《ことば》でギロンパを罵《ののし》った。そのギャップに私《わたし》や他《ほか》のゲーム参加者《さんかしゃ》はびっくりして、二人《ふたり》の言《い》い争《あらそ》いを遠《とお》巻《ま》きに見《み》つめることしかできない。

「言《い》っとくけどうちのパパは有名《ゆうめい》な政治家《せいじか》なんだから！　知《し》ってるでしょ？　加納清史《かのうせいし》郎《ろう》！　次《つぎ》の総理大臣《そうりだいじん》になるって言《い》われてる大物政治家《おおものせいじか》なのよ！」

「ああ、そうだったロン。加納清史郎《かのうせいしろう》は確《たし》かに有名《ゆうめい》だロ〜ン」

「でしょ？　わかったらすぐにあたし達《たち》をここから解放《かいほう》しなさい！　あんたなんかパパの力《ちから》で、この社会《しゃかい》から完全《かんぜん》に抹殺《まっさつ》してやるんだから!!」

加納《かのう》さんはふふんと得意《とくい》げに腕《うで》を組《く》むと、超上《ちょううえ》から目線《めせん》でギロンパに命令《めいれい》した。

確《たし》かに加納清史郎《かのうせいしろう》は小学生《しょうがくせい》の私《わたし》でも知《し》ってるくらい有名《ゆうめい》な政治家《せいじか》。あの大物政治家《おおものせいじか》を敵《てき》に回《まわ》す人間《にんげん》なんて、今《いま》の日本《にほん》にいるはずがない。

私達《わたしたち》はもしかして加納《かのう》さんのおかげで無事《ぶじ》に帰《かえ》れるかも……とちょっぴり期待《きたい》した。

だけどギロンパはウキャキャッと肩《かた》を揺《ゆ》らすと、加納《かのう》さんの命令《めいれい》を完全無視《かんぜんむし》した。

「残念《ざんねん》だけど、加納清史郎《かのうせいしろう》は総理大臣《そうりだいじん》にはなれないロン。それどころか今《いま》から3年後《ねんご》、汚《お》職事件《しょくじけん》を起《お》こして惨《みじ》めに政界《せいかい》を追放《ついほう》されてしまうんだロ〜ン♪」

「ウ、ウソよ！　パパがそんなことするはずないじゃない！」

「ホントだロ〜ン♪　ギロンパは未来《みらい》からやってきた正義《せいぎ》の使者《ししゃ》だから、これから起《お》こることは全《すべ》て知《し》ってるんだロ〜ン♪」

ギロンパはゴンドラ上《じょう》で加納《かのう》さんに向《む》かってあっかんべーをした。

尊敬《そんけい》するお父《とう》さんを侮辱《ぶじょく》されたのがよほど悔《くや》しかったのか、加納《かのう》さんはさらに口汚《くちぎたな》い言《こと》葉《ば》でギロンパを怒鳴《どな》りつける。

「てめー、ギロンパ！　絶対許《ぜったいゆる》さない!!　その薄汚《うすぎたな》い着《き》ぐるみから中身《なかみ》を引《ひ》きずり出《だ》してボコボコにしてやる！」

「ムッ！　薄汚《うすぎたな》い着《き》ぐるみとは失礼《しつれい》だロン！　これは未来《みらい》のナノテクノロジーを駆使《くし》したハイパーモビルスーツだロン！」

ギロンパはハイパーモビルスーツが自分《じぶん》の発明品《はつめいひん》であり、人間《にんげん》の身体能力《しんたいのうりょく》を極限《きょくげん》まで高《たか》める働《はたら》きがある素晴《すば》らしいスーツなのだ！　……と力説《りきせつ》した。

もちろんそんなことに興味《きょうみ》がない加納《かのう》さんは、ますます不機嫌《ふきげん》になっていく。

「もーっ！　そんな着《き》ぐるみのことなんてどうでもいい！　誘拐犯《ゆうかいはん》の言《い》うことなんて聞《き》くもんか！」

「ありゃ？　じゃあ姫乃《ひめの》ちゃんはギルティゲームの参加《さんか》を拒否《きょひ》するのかニャ？」

「当然《とうぜん》でしょ！　誰《だれ》がそんなもん参加《さんか》するもんですか！」

ね、みんなもそうでしょ？　……と、加納《かのう》さんは同意《どうい》を求《もと》めるように私達《わたしたち》ゲーム参加者《さんかしゃ》のほうを振《ふ》り返《かえ》った。その瞬間《しゅんかん》、ギロンパの両目《りょうめ》がキラリンと光《ひか》る。

「そっか、残念《ざんねん》だロン。それなら姫乃《ひめの》ちゃんはここでゲーム脱落《だつらく》と判断《はんだん》させていただくロン」

「え？」

「他《ほか》の参加者《さんかしゃ》もよく見《み》ておくロン。ゲーム脱落者《だつらくしゃ》は一体《いったい》どうなるのか……」

ギロンパはニタリと笑《わら》うと、手元《てもと》にスイッチを取《と》り出《だ》した。そしてスイッチをポチッと押《お》すと、加納《かのう》さんの首《くび》につけられた赤《あか》の首輪《くびわ》が急《きゅう》に膨《ふく》らみだす。

「ちょ、何《なに》よ、これ!?　く、苦《くる》しい……っ！」

加納《かのう》さんは首《くび》を圧迫《あっぱく》し始《はじ》めた首輪《くびわ》を外《はず》そうとジタバタともがいた。

その苦《くる》し気《げ》な表情《ひょうじょう》が、目《め》の前《まえ》の巨大《きょだい》スクリーンに大《おお》きく映《うつ》し出《だ》される。

「さぁ、ゲーム脱落者《だつらくしゃ》のお仕置《しお》きの時間《じかん》だロン！　囚人番号《しゅうじんばんごう》28番《ばん》・加納姫乃《かのうひめの》。罪状《ざいじょう》・公職選挙法違反《こうしょくせんきょほういはん》。未来《みらい》の犯罪者《はんざいしゃ》はここでサヨナラだロ〜〜〜〜ン♪」

「きゃ、きゃあぁぁぁぁ――っっ!!」

「……………っ！」

加納《かのう》さんの首輪《くびわ》はさらに大《おお》きく膨《ふく》らんで、断面図《だんめんず》がスクリーンに大《おお》きく映《うつ》し出《だ》された。

首輪《くびわ》のちょうど真後《まうし》ろ部分《ぶぶん》から太《ふと》い注射針《ちゅうしゃばり》のようなものが現《あらわ》れて、うねうねと不気味《ぶきみ》に動《うご》いてる。

「これぞギロンパ最大《さいだい》の発明《はつめい》、人間《にんげん》カチコチ爆弾《ばくだん》・カチコッチ！　姫乃《ひめの》ちゃん、先《さき》に地獄《じごく》で待《ま》ってロ〜ン♪」

「いや……いやぁぁぁぁ――っ!!」

太《ふと》い針《はり》がブスリと頸動脈《けいどうみゃく》に刺《さ》さり、同時《どうじ》に加納《かのう》さんの首輪《くびわ》が激《はげ》しい光《ひかり》を放《はな》った。

まるで首輪《くびわ》が爆発《ばくはつ》したかのような眩《まぶ》しい閃光《せんこう》。

加納《かのう》さんの肌《はだ》からはあっという間《ま》に血《ち》の気《け》が引《ひ》いていき、首輪《くびわ》に手《て》をかけたポーズのままカチッと動《うご》きが止《と》まり――電池《でんち》が切《き》れたロボットみたいにバタンッと床《ゆか》の上《うえ》に倒《たお》れてし

ピッ

まった！

「う、うわぁぁぁぁ――――っ！」

「きゃあぁぁ――――っ!!」

加納《かのう》さんが倒《たお》れたと同時《どうじ》に、あちこちで悲鳴《ひめい》が上《あ》がった。

私《わたし》も恭哉《きょうや》くんの腕《うで》にしがみつき、ガタガタと震《ふる》える。

説明《せつめい》されなくても誰《だれ》もがわかった。

加納《かのう》さんは血《ち》が出《で》ているわけでも大《おお》きな傷《きず》があるわけでもないけれど……間違《まちが》いなく死《し》んだんだと。

……ギロンパに殺《ころ》されたんだって。

こんな光景《こうけい》、テレビやネットで見《み》たアニメかゲームのよう。

でも私達《わたしたち》の前《まえ》で動《うご》かなくなってしまった加納《かのう》さんは間違《まちが》いなく本物《ほんもの》で。

あまりにもあっさりと人《ひと》が死《し》ぬ場面《ばめん》を見《み》せつけられて、私達《わたしたち》の心《こころ》はあっという間《ま》に恐怖《きょうふ》に支配《しはい》された。

「ああ、残念《ざんねん》だロン。これでゲームの参加者《さんかしゃ》が99人《にん》に減《へ》ってしまったロン。せっかく優《やさ》しいギロンパ様《さま》が生《い》き残《のこ》りのチャンスをあげたのにな～」

一方《いっぽう》のギロンパは、こんな恐《おそ》ろしいことをしたばかりだというのに、全《まった》く態度《たいど》に変化《へんか》はなかった。うぅん、それどころかゴンドラから降《お》りてくると、加納《かのう》さんの周《まわ》りでくるくるとスキップし始《はじ》めたのだ！

「まぁ、これでおまえらもわかったロン？　カチコッチはこの通《とお》り一瞬《いっしゅん》にして全身《ぜんしん》の筋肉《きんにく》と神経《しんけい》を麻痺《まひ》させてしまう優《すぐ》れものだロン♪　こんなふうにカチコチになりたくなかったら、おまえらはギルティゲームに参加《さんか》して、勝《か》ち残《のこ》るしかないんだロン」

「……………ひっ！」

「そ、そんな……っ」

誰《だれ》もが絶句《ぜっく》する中《なか》、ギロンパのウキャキャキャキャーッという甲高《かんだか》い笑《わら》い声《ごえ》がホールいっぱいに響《ひび》き渡《わた》る。巨大《きょだい》スクリーンには今死《いまし》んだばかりの加納《かのう》さんの指名手配書《しめいてはいしょ》が映《うつ》し出《だ》され、その上《うえ》に『**DEAD**《デッド》**（死亡）**《しぼう》』という赤《あか》いハンコが押《お》された。

「さぁて、それじゃあ早速《さっそく》1日目《にちめ》のゲームを始《はじ》めるロン！　1日目《にちめ》はそうだな〜、なんのゲームにしようかな〜？」

ギロンパはその場《ば》でウロウロと歩《ある》き回《まわ》り、参加者《さんかしゃ》の顔《かお》を覗《のぞ》き込《こ》みながら考《かんが》えだした。

恐怖《きょうふ》でギロンパと目《め》を合《あ》わせられる人《ひと》なんていない。

ほんの少《すこ》しでもギロンパに逆《さか》らえば、次《つぎ》に殺《ころ》されるのは自分《じぶん》かもしれないのだ。

「よぉぉおし、1日目《にちめ》のゲームは参加者《さんかしゃ》99人《にん》で**かくれんぼ**するロン！　単純《たんじゅん》なゲームだけど、これだけの人数《にんずう》でやったらきっと楽《たの》しいんだロン♪」

「！」

ギロンパの提案《ていあん》で、1日目《にちめ》のゲームはかくれんぼに決《き》まった。

もちろんそれが命懸《いのちが》けのかくれんぼであることを、ここにいる誰《だれ》もが感《かん》じ取《と》る。

「1日目《にちめ》のかくれんぼで生《い》き残《のこ》れるのは99人中《にんちゅう》50人《にん》！　もちろんギロンパが鬼《おに》を務《つと》めるロン！　それじゃあ今《いま》から100数《かぞ》えるローン♪　いっくよー」

真《ま》っ青《さお》になっている参加者《さんかしゃ》を無視《むし》して、ギロンパはまるでこれからピクニックに行《い》くかのようなハイテンションで、数《かず》を数《かぞ》えだした。

ギロンパが目隠《めかく》ししてしゃがみ込《こ》んだのを合図《あいず》に、参加者《さんかしゃ》は一斉《いっせい》に走《はし》り出《だ》す。

「う、うわぁあ――っ、逃《に》げろぉ!!」

「見《み》つかったら殺《ころ》されるぞ！」

「いーち、にーい、さーん、しーい……」

私《わたし》も慌《あわ》ててホールから出《で》るために走《はし》り出《だ》した。

これから命《いのち》がけのゲームが始《はじ》まる！　私《わたし》はもつれそうになる足《あし》を必死《ひっし》に動《うご》かして、人生《じんせい》で一番《いちばん》じゃないかと思《おも》うほどがむしゃらに走《はし》った！

ギロンパは本気《ほんき》だ。本気《ほんき》で未来《みらい》の犯罪者《はんざいしゃ》である私達《わたしたち》を抹殺《まっさつ》するつもりなんだ。

生《い》き残《のこ》るためには、とにかくこのかくれんぼで逃《に》げきるしかない！

「美晴《みはる》ちゃん、このまま西《にし》に行《い》ってみよう！」

「う、うんっ！」

私《わたし》の横《よこ》に並《なら》ぶ恭哉《きょうや》くんも必死《ひっし》の形相《ぎょうそう》で走《はし》っていた。ここがどこかわからないので、とりあえず西棟《にしとう》に逃《に》げ込《こ》んで隠《かく》れ場所《ばしょ》を探《さが》していると、スマホからギロンパの声《こえ》が聞《き》こえてくる。

「56、57、58……。あー、もう100数《かぞ》えるのは面倒《めんどう》くさいロン。さっさとかくれんぼを始《はじ》めるロン！」

数《かず》を数《かぞ》えることに飽《あ》きてしまったギロンパは、ルールを破《やぶ》って追《お》いかけっこを始《はじ》める。

このかくれんぼは、どうやら私達《わたしたち》のスマホに生中継《なまちゅうけい》される仕組《しく》みらしい。

映像《えいぞう》を見《み》ると、ギロンパの走《はし》るスピードはかなり速《はや》かった。さっき言《い》ってたハイパーモビルスーツがどうのこうのというのは、ウソじゃなかったみたいだ。

「もういいかーい？　ギロンパに見《み》つかった子《こ》は、即《そく》カチコッチでお仕置《しお》きだローン♪」

「きゃあぁぁぁ――っ！」

私達《わたしたち》と反対《はんたい》の東棟《ひがしとう》に向《む》かったギロンパは、隠《かく》れ場所《ばしょ》を探《さが》していた子達《こたち》をあっという間《ま》に見《み》つけてしまった。それから一切《いっさい》の容赦《ようしゃ》なく、カチコッチのスイッチを入《い》れてしまう。

「見《み》ーつけた！　囚人番号《しゅうじんばんごう》96番《ばん》と37番《ばん》、55番《ばん》、88番《ばん》、14番《ばん》、みんな仲良《なかよ》く地獄《じごく》に行《い》くロン～♪」

「ぎゃあぁぁぁぁ――――っ‼」

「いやぁぁ――――っ！」

一人《ひとり》、二人《ふたり》……5人《にん》、10人《にん》とゲーム脱落者《だつらくしゃ》の手配書《てはいしょ》に次々《つぎつぎ》と『DEAD《デッド》』のハンコが押《お》されていく。

スマホと東棟《ひがしとう》から聞《き》こえてくる大《おお》きな悲鳴《ひめい》……。私《わたし》は激《はげ》しい怒《いか》りを覚《おぼ》えた。

「ひどい。ひどいよ。どうしてこんな残酷《ざんこく》なことができるの……」

お医者《いしゃ》さんであるお父《とう》さんから『命《いのち》ほど尊《とうと》いものはない』と教《おし》えられて育《そだ》った。だから人《ひと》の命《いのち》を途惑《とまど》いなく奪《うば》っていくギロンパの気持《きも》ちが全《まった》く理解《りかい》できない。

だけど今《いま》の私《わたし》はギロンパに抗議《こうぎ》するどころか、逃《に》げ回《まわ》ることしかできないのだ。

「出口《でぐち》……どこかに出口《でぐち》はないの⁉」

「こっちだ！」

ギロンパに怯《おび》えながら、私達《わたしたち》は牢獄内《ろうごくない》を走《はし》り回《まわ》った。でも建物内《たてものない》は予想以上《よそういじょう》に広《ひろ》く、似《に》たような風景《ふうけい》の連続《れんぞく》のせいで、すぐに道《みち》に迷《まよ》ってしまう。

鉄格子《てつごうし》、鉄格子《てつごうし》、また鉄格子《てつごうし》の部屋《へや》。囚人《しゅうじん》を閉《と》じ込《こ》めるための独房《どくぼう》は薄暗《うすぐら》くて、窓《まど》さえない。長《なが》らく使《つか》われていなかったのか、部屋《へや》の隅《すみ》には大《おお》きな蜘蛛《くも》の巣《す》まで張《は》っている。

廊下《ろうか》の蛍光灯《けいこうとう》もチカチカとついたり消《き》えたりして、常《つね》に不安定《ふあんてい》な状態《じょうたい》だった。

しかも壁《かべ》には「呪《のろ》ウ！」とか「死《し》ンダ後《あと》モ恨《うら》ミ続《つづ》ケル…」とか物騒《ぶっそう》な落書《らくが》きがいくつも書《か》かれていて、すごく気味《きみ》が悪《わる》い。

そんな中《なか》、なんとか階段《かいだん》を見《み》つけて上《のぼ》っていくと、普通《ふつう》の窓《まど》が並《なら》ぶ廊下《ろうか》に出《で》ることができた。

「あれを見《み》てよ、美晴《みはる》ちゃん」

「あ……」

恭哉《きょうや》くんに言《い》われて窓《まど》を覗《のぞ》き込《こ》めば、深《ふか》い森《もり》と、それを囲《かこ》むようにしてそびえたつ高《たか》い壁《かべ》が見《み》えた。多分《たぶん》ここはどこかの孤島《ことう》なんだろう。他《ほか》に建物《たてもの》はなくて、この施設《しせつ》だけがぽつんと建《た》っている。

つまり牢獄《ろうごく》の外《そと》に出《で》られたとしても、その先《さき》は果《は》てしなく広《ひろ》がる海《うみ》しかないのだ。

「ウ、ウソ、こんなのって……！」

「あのギロンパって奴《やつ》、こんな場所《ばしょ》を用意《ようい》できるなんて一体何者《いったいなにもの》なんだ……」

私《わたし》と恭哉《きょうや》くんは絶望的《ぜつぼうてき》な気分《きぶん》になった。たとえギロンパのかくれんぼから逃《に》げきったとしても、こんな場所《ばしょ》に誰《だれ》が助《たす》けに来《き》てくれるっていうの？

警察《けいさつ》？　レスキュー？　自衛隊《じえいたい》？

だけど直感的《ちょっかんてき》に、そのどれもが無理《むり》なんじゃないかという気《き》がした。

「さぁ、かーくれんぼしましょ♪　見《み》つかったら負《ま》けよ♪　アップップ――♪」

「きゃあぁぁぁ――っ！」

「！」

こうしている間《あいだ》にも、後《うし》ろから鬼《おに》のギロンパが迫《せま》ってくる。

ショックで立《た》ち尽《つ》くす私《わたし》の手《て》を引《ひ》いて、再《ふたた》び恭哉《きょうや》くんが走《はし》り出《だ》した。

「行《い》こう、美晴《みはる》ちゃん！　こっちだ！」

「！」

必死《ひっし》に逃《に》げる私達《わたしたち》の後《うし》ろからは参加者《さんかしゃ》の悲鳴《ひめい》が絶《た》え間《ま》なく聞《き》こえてくる。その断末魔《だんまつま》の声《こえ》が、鼓膜《こまく》と心《こころ》をズタズタに引《ひ》き裂《さ》いていくかのようだ。

恭哉《きょうや》くんと一緒《いっしょ》にさらに先《さき》へ逃《に》げていくと、「倉庫《そうこ》」というプレートがかけられた鉄《てつ》の扉《とびら》の前《まえ》へ出《で》た。

「バカ、こっちくんな！　ここはもう満員《まんいん》だ!!」

「そうだ、そうだ！」

「！」

そのまま倉庫《そうこ》の中《なか》に隠《かく》れようとした時《とき》、瓜二《うりふた》つの顔《かお》をした少年二人《しょうねんふたり》が扉《とびら》の中《なか》から現《あらわ》れた。多分彼《たぶんかれ》らは双子《ふたご》なんだろう。私《わたし》より少《すこ》し背《せ》が低《ひく》く、サッカーのユニフォームを着《き》た少年達《しょうねんたち》は、力《ちから》ずくで私《わたし》と恭哉《きょうや》くんを廊下《ろうか》へと追《お》い出《だ》してしまう。

「疾風《はやて》、旋風《つむじ》、何《なに》してんの⁉」

「麻耶《まや》と潮《うしお》は机《つくえ》の下《した》にでも隠《かく》れてろ！　ただでさえ女《おんな》なんて足手《あしで》まといなんだからな！」

「なんですってぇ⁉」

倉庫《そうこ》には他《ほか》に女《おんな》の子《こ》がいるようで、奥《おく》から威勢《いせい》のいい声《こえ》が聞《き》こえてくる。サッカー少年《しょうねん》の二人《ふたり》は舌打《したう》ちすると、ぴしゃりと扉《とびら》を固《かた》く閉《と》じてしまった。

牢獄《ろうごく》の中《なか》は広《ひろ》い割《わり》に隠《かく》れられる場所《ばしょ》は少《すく》ない。だからみんな少《すこ》しでも生《い》き延《の》びる確率《かくりつ》を上《あ》げるために、倉庫《そうこ》や食堂《しょくどう》、看守部屋《かんしゅべや》など目《め》ぼしい場所《ばしょ》を占拠《せんきょ》してるようだ。

「仕方《しかた》ない。他《ほか》の場所《ばしょ》を探《さが》そう」

「う、うん……」

仕方《しかた》なく私達《わたしたち》は一度《いちど》倉庫《そうこ》から離《はな》れた。牢獄《ろうごく》だから独房《どくぼう》はたくさんあるけれど、ほとんどが鍵《かぎ》がかかっていて入《はい》れない。

結局私達《けっきょくわたしたち》は同《おな》じ階《かい》にあるトイレの中《なか》に隠《かく》れることにした。汚《よご》れた男子《だんし》トイレの個室《こしつ》でじっと息《いき》をひそめていると、自然《しぜん》と悔《くや》し涙《なみだ》が浮《う》かんでくる。

「ごめんね、美晴《みはる》ちゃん、こんな所《ところ》しかなくて」

「ううん、恭哉《きょうや》くんのせいじゃないよ。悪《わる》いのはギロンパだもん……」

私《わたし》はしゃがみ込《こ》み、膝《ひざ》を両手《りょうて》で抱《かか》えながら、とにかくこのかくれんぼが早《はや》く終《お》わりますようにと必死《ひっし》に祈《いの》った。

かくれんぼが始《はじ》まってから約《やく》10分《ぷん》。最初《さいしょ》は立《た》て続《つづ》けにゲーム脱落者《だつらくしゃ》が出《で》てたけど、みんないい隠《かく》れ場所《ばしょ》を見《み》つけたのか、スマホからの生中継《なまちゅうけい》は途絶《とだ》えている。

いつの間《ま》にか牢獄内《ろうごくない》はシーンと静《しず》まり返《かえ》り、物音一《ものおとひと》つ聞《き》こえない状態《じょうたい》になっていた。

「それにしても未来《みらい》のボクの罪状《ざいじょう》が『業務上横領《ぎょうむじょうおうりょう》』……か。なんかシャレにならないな」

「え？」

暗《くら》くてじめじめした薄闇《うすやみ》の中《なか》で、恭哉《きょうや》くんがボソリとつぶやく。

お願《ねが》いして指名手配書《しめいてはいしょ》を見《み》せてもらうと、職業《しょくぎょう》の欄《らん》には『弁護士《べんごし》』と書《か》かれてあった。

「へぇ、なんだかカッコいい。頭《あたま》のいい恭哉《きょうや》くんにぴったりの職業《しょくぎょう》だね」

「そうかな、ありがとう。実《じつ》はボク、子供《こども》の頃《ころ》からずっと弁護士目指《べんごしめざ》してるんだ」

私《わたし》の言葉《ことば》が嬉《うれ》しかったのか、恭哉《きょうや》くんは再《ふたた》び笑顔《えがお》を取《と》り戻《もど》した。将来《しょうらい》の夢《ゆめ》についても熱《あつ》く語《かた》りだす。

「イギリス人《じん》だったボクのお祖父《じい》さんが弁護士《べんごし》で本国《ほんごく》ではかなり有名《ゆうめい》だったんだ。何度《なんど》も無罪判決《むざいはんけつ》を勝《か》ち取《と》って、無敗《むはい》の弁護士《べんごし》って呼《よ》ばれてた」

「わぁ、すごい！」

「だからボク、絶対《ぜったい》お祖父《じい》さんみたいな弁護士《べんごし》になるって昔《むかし》から決《き》めてて……」

そう語《かた》る恭哉《きょうや》くんの眼差《まなざ》しは、とても純粋《じゅんすい》で真剣《しんけん》だった。

だからかな、指名手配書《しめいてはいしょ》の内容《ないよう》も鵜呑《うの》みにはしてないみたい。

「絶対何《ぜったいなに》かの間違《まちが》いなはずなんだ。弁護士《べんごし》になった未来《みらい》のボクが金銭《きんせん》がらみの罪《つみ》を犯《おか》すなんて……。ボクは絶対《ぜったい》そんなことはしない」

「うん、私《わたし》もそう思《おも》う。恭哉《きょうや》くんはきっと未来《みらい》でたくさんの人《ひと》を助《たす》ける弁護士《べんごし》さんになるんだよ！　ギロンパの言《い》うことなんてデタラメだよ」

「美晴《みはる》ちゃん……」

私《わたし》は恭哉《きょうや》くんの言葉《ことば》を後押《あとお》しするように、力強《ちからづよ》くうなずいた。

うん、こんなにまっすぐで頭《あたま》のいい恭哉《きょうや》くんが犯罪者《はんざいしゃ》になるわけないし、なんの取《と》り柄《え》もない私《わたし》がお医者《いしゃ》さんになるのもおかしい。

やっぱりギロンパが送《おく》ってきたこの手配書《てはいしょ》は、いろいろと胡散臭《うさんくさ》い。そもそも未来《みらい》から来《き》たなんていうのも変《へん》だし、絶対信《ぜったいしん》じたりするもんかと、改《あらた》めて心《こころ》に誓《ちか》う。

――ブーッ！　ブ――、ブ―――ッ!!


「な、何《なに》!?」

その直後《ちょくご》のことだった。非常用《ひじょうよう》の真《ま》っ赤《か》なランプが点滅《てんめつ》し、静寂《せいじゃく》を切《き》り裂《さ》くかのような激《はげ》しいサイレンが牢獄中《ろうごくじゅう》に鳴《な》り響《ひび》いた。

建物全体《たてものぜんたい》が地震《じしん》のように左右前後《さゆうぜんご》に大《おお》きく揺《ゆ》れ、ギロンパの声《こえ》がスマホから流《なが》れてくる。

「ンキィィィ～～～ッ！　おまえらちょっとかくれんぼがうますぎだロン！　こうなったらギロンパ、1日目《にちめ》から秘密兵器《ひみつへいき》を出《だ》しちゃうロン～～～～!!」

――ズガンッ、ズガガガ――ンッ!!

ギロンパの怒《いか》りの雄《お》たけびと共《とも》に現《あらわ》れたもの――それは10メートルはあるだろう巨大《きょだい》パワーショベルだった！

参加者《さんかしゃ》を見《み》つけられなくなったギロンパはしびれを切《き》らして、建物《たてもの》そのものを壊《こわ》す作戦《さくせん》に出《で》たようだ。

「ウ、ウソっ!?　いくらなんでもあそこまでやる!?」

「まずい！　ここにいたらボク達《たち》も潰《つぶ》される！」

ギロンパが操縦《そうじゅう》するパワーショベルが振《ふ》り下《お》ろされて、壁《かべ》が大《おお》きく崩《くず》れる！

天井《てんじょう》が真上《まうえ》から落《お》ちてくる！

瓦礫《がれき》を避《よ》けようとした参加者達《さんかしゃたち》は慌《あわ》てて外《そと》へ飛《と》び出《だ》して、あっけなくギロンパに発見《はっけん》されてしまった。

「う、うわぁあ――、ギロンパ、おまえ卑怯《ひきょう》だぞ！」

「ひどい、こんなのってないわっ！」

「うるさ――い！　牢獄内《ろうごくない》ではこのギロンパ様《さま》が法律《ほうりつ》なのだ！　ウキャキャキャキャッ！」

こうしてかくれんぼ第《だい》2ラウンドが突然始《とつぜんはじ》まった。

ギロンパの『牢獄《ろうごく》まるごと破壊作戦《はかいさくせん》☆』のせいで再《ふた》びスマホ画面《がめん》には『DEAD《デッド》』の文字《もじ》が乱《みだ》れ飛《と》び、建物《たてもの》のあちこちからたくさんの悲鳴《ひめい》が響《ひび》きだす。

「だめだ、ギロンパがこっちに向《む》かってくる！　美晴《みはる》ちゃん、移動《いどう》するよ！」

「は、はいっ！」

私《わたし》と恭哉《きょうや》くんはトイレから飛《と》び出《だ》して再《ふたた》び逃走《とうそう》を始《はじ》めた。

だけど大地震《だいじしん》のように建物内《たてものない》は激《はげ》しく揺《ゆ》れて、まともに立《た》っていられない。

夢中《むちゅう》で逃《に》げていると再《ふたた》び倉庫近《そうこちか》くの廊下《ろうか》に差《さ》し掛《か》かり、そこから大《おお》きな叫《さけ》び声《ごえ》が聞《き》こえてきた。

「誰《だれ》かお願《ねが》い、手《て》を貸《か》して！　瓦礫《がれき》の下《した》に潮《うしお》が……友達《ともだち》が閉《と》じ込《こ》められてるの!!」

「！」

倉庫《そうこ》近《ちか》くの天井《てんじょう》は完全《かんぜん》に崩《くず》れ落《お》ちて、日焼《ひや》けした女《おんな》の子《こ》が泣《な》きながら助《たす》けを求《もと》めていた。近《ちか》くにはさっきのサッカー少年達《しょうねんたち》もいて、必死《ひっし》に大量《たいりょう》の瓦礫《がれき》を手《て》で掻《か》き分《わ》けてる。

「お願《ねが》い、助《たす》けて！　誰《だれ》か助《たす》けて！」

女《おんな》の子《こ》は廊下《ろうか》を通《とお》り過《す》ぎる参加者達《さんかしゃたち》に声《こえ》をかけるけど、みんな逃《に》げるのに必死《ひっし》で立《た》ち止《ど》まる人《ひと》はいない。瓦礫《がれき》の奥《おく》からは、か細《ぼそ》い女《おんな》の子《こ》の泣《な》き声《ごえ》が聞《き》こえた。

「ううう、麻耶《まや》ちゃん。怖《こわ》いよぉ…。怖《こわ》いよぉ……」

「潮《うしお》！　もうちょっとの辛抱《しんぼう》だからね！　ほら、疾風《はやて》に旋風《つむじ》！　もう少《すこ》し上《うえ》に瓦礫《がれき》を持《も》ち上《あ》げて！　男《おとこ》でしょ!?」

「そ、そんなこと言《い》ったって……」

「これでも精《せい》いっぱい力《ちから》入《い》れてんだよぉ！」

女《おんな》の子《こ》とサッカー少年達《しょうねんたち》は必死《ひっし》に友達《ともだち》を助《たす》けようとしていた。だけど大《おお》きな音《おと》と共《とも》にギロンパのパワーショベルが近《ちか》づいてきて、建物中《たてものじゅう》に大《おお》きな亀裂《きれつ》が走《はし》る。

「きょ、恭哉《きょうや》くん……」

「だめだ、美晴《みはる》ちゃん」

私《わたし》がすがるように視線《しせん》を送《おく》ると、恭哉《きょうや》くんは辛《つら》そうな顔《かお》で首《くび》を横《よこ》に振《ふ》った。

困《こま》っている人《ひと》がいるなら助《たす》けてあげたい。

だけどすぐそこまでギロンパが近《ちか》づいていて、私達《わたしたち》にも危険《きけん》が迫《せま》っているのだ。

「心《こころ》を鬼《おに》にして言《い》うけど、今《いま》は他人《たにん》に情《なさ》けをかけてる場合《ばあい》じゃない。急《いそ》いでボク達《たち》もここから離《はな》れなきゃ」

「………」

「さ、行《い》くよ」

恭哉《きょうや》くんはそう言《い》うと、ギロンパと反対方向《はんたいほうこう》に向《む》かうため私《わたし》の手《て》を引《ひ》いて近《ちか》くの階段《かいだん》を下《お》り始《はじ》めた。

確《たし》かに彼《かれ》の言《い》う通《とお》り、今《いま》は生《い》き延《の》びることが何《なに》より先決《せんけつ》。

それにあの子達《こたち》だってさっき、私達《わたしたち》を倉庫《そうこ》から追《お》い出《だ》して自分達《じぶんたち》だけが助《たす》かろうとした。

だからこれはしょうがないことなんだと、私《わたし》は自分《じぶん》に言《い》い聞《き》かせる。

それでも心《こころ》のモヤモヤは晴《は》れなくて、私《わたし》は無意識《むいしき》に下唇《したくちびる》を噛《か》んだ。

――と、そこで、

「きゃあっ！」

いきなりドンッという強《つよ》い衝撃《しょうげき》を感《かん》じて、私《わたし》は前《まえ》のめりに転《ころ》んでしまった。逃《に》げる途中《とちゅう》、階段《かいだん》を下《お》りきった所《ところ》で、前方《ぜんぽう》から走《はし》ってきた人《ひと》とぶつかったからだ。

床《ゆか》には私《わたし》とぶつかった人《ひと》の荷物《にもつ》――タブレットやノートパソコンなどが散《ち》らばって、ピーピーと警告音《けいこくおん》を立《た》てている。恭哉《きょうや》くんはすぐに私《わたし》を助《たす》け起《お》こして、ぶつかった相手《あいて》に文句《もんく》を言《い》った。

「美晴《みはる》ちゃん、大丈夫《だいじょうぶ》？　おいおまえ、気《き》をつけろよ！」

「……」

だけどその相手《あいて》――黒《くろ》のパーカーにヘッドホンを首《くび》にかけた男《おとこ》の子《こ》は恭哉《きょうや》くんを無視《むし》して、無言《むごん》でタブレットが故障《こしょう》してないか確《たし》かめてる。

「う、うわぁぁーっ、もうだめだぁぁぁ、逃《に》げろぉぉ――っ！」

「！」

次《つぎ》の瞬間《しゅんかん》、私達《わたしたち》の後《うし》ろから突然叫《とつぜんさけ》び声《ごえ》が聞《き》こえて、さっきのサッカー少年二人《しょうねんふたり》が私達《わたしたち》をものすごい速《はや》さで追《お》い抜《ぬ》いていった。ドドンッと大《おお》きく建物《たてもの》が揺《ゆ》れ、遠《とお》くからはさっきの女《おんな》の子達《こたち》の泣《な》き声《ごえ》が響《ひび》いてくる。

「いやぁぁーっ！　誰《だれ》か……誰《だれ》か助《たす》けてよぉおっ!!」

「！」

その悲痛《ひつう》な叫《さけ》びを聞《き》いた時《とき》――私《わたし》の中《なか》で何《なに》かが弾《はじ》けた。

あの双子《ふたご》の二人《ふたり》が逃《に》げ出《だ》してしまったなら、残《のこ》った女《おんな》の子《こ》一人《ひとり》じゃ、あの瓦礫《がれき》は持《も》ち上《あ》げられない。このままじゃ確実《かくじつ》にあの子達《こたち》は死《し》んでしまう。

ダメだ、やっぱり私《わたし》……困《こま》っている人《ひと》をみすみす放《ほう》ってはおけない。

ここで彼女達《かのじょたち》を見捨《みす》てたら、一生後悔《いっしょうこうかい》することになる――！

「恭哉《きょうや》くん、お願《ねが》い、ここからは一人《ひとり》で逃《に》げて！」

「え？　み、美晴《みはる》ちゃん⁉」

「ごめん、困《こま》っている人《ひと》には迷《まよ》わず力《ちから》を貸《か》してあげなさいってお父《とう》さんに言《い》われてるの！」

私《わたし》は急《いそ》いで立《た》ち上《あ》がると、今来《いまき》た道《みち》を引《ひ》き返《かえ》し始《はじ》めた。

擦《す》りむいた足《あし》を引《ひ》きずりながら5階《かい》に戻《もど》れば、瓦礫《がれき》の前《まえ》で一人《ひとり》の女《おんな》の子《こ》が心細《こころぼそ》そうに立《た》ち尽《つ》くしていた。私《わたし》はそばに駆《か》け寄《よ》り、一番大《いちばんおお》きな瓦礫《がれき》の下《した》に両手《りょうて》を差《さ》し入《い》れる。

「手伝《てつだ》うよ！　この瓦礫《がれき》を持《も》ち上《あ》げればいいんだよね？」

「………え？　あ、ありがとう！」

女《おんな》の子《こ》は突然現《とつぜんあらわ》れた私《わたし》を見《み》てびっくりしてた。ただ時間《じかん》がないのはわかっていたから自《じ》己紹介《こしょうかい》もなしで、とにかく目《め》の前《まえ》の瓦礫《がれき》をどかそうと集中《しゅうちゅう》する。

「いくよ！　せーの、せっ！」

だけど女《おんな》の子《こ》二人《ふたり》で動《うご》かせる瓦礫《がれき》の量《りょう》なんて、たかが知《し》れてる。いつの間《ま》にか外《そと》は嵐《あらし》になっていたようで、崩《くず》れ落《お》ちた天井《てんじょう》の隙間《すきま》から雷《かみなり》が光《ひか》っているのが見《み》えた。

「ウキャキャキャ！　悪《わる》い子《こ》はどこにいるかニャ？　隠《かく》れてないで出《で》てこーい！」

──ズガンッ！　ズガンッ！　ズガンッ！

大《おお》きな地鳴《じな》りと共《とも》に、いよいよギロンパのパワーショベルが近《ちか》づいてきた。

残《のこ》りあと……２００メートル。私達《わたしたち》は一瞬《いっしゅん》動《うご》きを止《と》め、ゴクリと生唾《なまつば》を飲《の》み込《こ》む。

「ど、どうしよう、もう間《ま》に合《あ》わないよ……っ」

「……………っ！」

女《おんな》の子《こ》は廊下《ろうか》に座《すわ》り込《こ》み、がっくりとうなだれた。

戻《もど》ってきたことで逃《に》げ遅《おく》れる形《かたち》になった私《わたし》も、ガクガクと震《ふる》えだす。

（もうだめだ。私達《わたしたち》、ここで死《し》ぬんだ……。ギロンパに殺《ころ》されるんだ……）

びくともしない瓦礫《がれき》を前《まえ》にしながら、私《わたし》は生《う》まれて初《はじ》めて死《し》の恐怖《きょうふ》を感《かん》じた。

やっぱり女《おんな》の子達《こたち》を助《たす》けに戻《もど》らないで、そのまま逃《に》げてればよかったのかな？

だけどそんな最低《さいてい》なこと、私《わたし》にはどうしてもできなかった……。

ぐるぐるといろいろな考《かんが》えが渦巻《うずま》く中《なか》、周《まわ》りの風景《ふうけい》がまるで映画《えいが》のスローモーションみたいにゆっくりと見《み》える。

その景色《けしき》が一変《いっぺん》したのは──この直後《ちょくご》のこと。

——ブーッ！　ブー、ブ————ッ!!

「えっ!?」

「この音《おと》、何《なに》っ!?」

建物中《たてものじゅう》に響《ひび》いたのは、緊急用《きんきゅうよう》のサイレンだった。一体何事《いったいなにごと》かと辺《あた》りを見回《みまわ》すと、廊下《ろうか》に取《と》り付《つ》けられていた厚《あつ》さ1メートルの緊急防火扉《きんきゅうぼうかとびら》がバタンバタンと奥《おく》から順《じゅん》に作動《さどう》し、通《つう》路《ろ》を塞《ふさ》いでいく。

「オロロロ〜？　これはもしかして誰《だれ》かがセキュリティシステムに侵入《しんにゅう》したロン？　なっ、生意気《なまいき》な〜〜〜〜!!」

突然《とつぜん》目《め》の前《まえ》を塞《ふさ》がれたギロンパは、防火扉《ぼうかとびら》を破壊《はかい》しようとパワーショベルの出力《しゅつりょく》を上《あ》げる。一方《いっぽう》、私達《わたしたち》は何《なに》が起《お》きたのかわからなくて、ポカンとして動《うご》きが止《と》まってしまった。

そんな私達《わたしたち》を正気《しょうき》に戻《もど》したのは——ひどく抑揚《よくよう》のないボーイソプラノ。

「——ほら、今《いま》のうちだよ。あの防火扉《ぼうかとびら》でギロンパを足止《あしど》めできるのはせいぜい3分《ぷん》が限《げん》界《かい》だから」

「え!?」

——ズガガァァ——ンッ！

激《はげ》しい雷光《らいこう》と同時《どうじ》に振《ふ》り向《む》けば、すぐ後《うし》ろに二《ふた》つのシルエットが浮《う》かび上《あ》がる。

……そこには太《ふと》い鉄《てつ》パイプを持《も》った恭哉《きょうや》くんと――さっき廊下《ろうか》でぶつかったヘッドホン少年《しょうねん》が立《た》っていたのだ！

「きょ、恭哉《きょうや》くん、どうしてここに……!?」

「美晴《みはる》ちゃん、話《はなし》はあと！　とにかく今《いま》は女《おんな》の子《こ》の救出《きゅうしゅつ》が先《さき》だ。テコの原理《げんり》を利用《りよう》して瓦《が》礫《れき》を持《も》ち上《あ》げよう！」

「え？　わ、わかった！」

反射的《はんしゃてき》に、恭哉《きょうや》くんの指示通《しじどお》りに瓦礫《がれき》の隙間《すきま》に鉄《てつ》パイプを突《つ》っ込《こ》んだ。

――恭哉《きょうや》くんも助《たす》けに来《き》てくれたんだ！

10秒遅《びょうおく》れでやっとその事実《じじつ》に気《き》づき、私《わたし》は思《おも》わず笑顔《えがお》を浮《う》かべる。

こうしている間《あいだ》にも防火扉《ぼうかとびら》はボコボコッと変形《へんけい》していき、今《いま》にもパワーショベルに破《やぶ》られそうだ。けれどみんなで鉄《てつ》パイプの端《はし》を握《にぎ》り、

「せーの！」

と、力《ちから》を込《こ》めると、あれだけ重《おも》かった瓦礫《がれき》が一気《いっき》に持《も》ち上《あ》がった！

「よし、今《いま》よ、潮《うしお》！　出《で》てこられる？」

「うん、麻耶《まや》ちゃん！」

わずかにできた隙間《すきま》をくぐって、中《なか》に閉《と》じ込《こ》められていた女《おんな》の子《こ》が四《よ》つん這《ば》い状態《じょうたい》で外《そと》に出《で》てきた。

顔《かお》を確認《かくにん》すると——今《いま》まで見《み》たことがないほどすっごい美少女《びしょうじょ》！　ふわふわの天然《てんねん》パーマに人形《にんぎょう》みたいに華奢《きゃしゃ》な体《からだ》。まるでアイドルみたいに可愛《かわい》い女《おんな》の子《こ》だった。

「うわぁぁんっ、麻耶《まや》ちゃん、ありがとぉ！　潮《うしお》、もうだめかと思《おも》った！」

「よかった、ケガはない？」

麻耶《まや》と潮《うしお》と呼《よ》び合《あ》う女《おんな》の子達《こたち》は、お互《たが》いの無事《ぶじ》を喜《よろこ》んで抱《だ》き合《あ》った。

だけどヘッドホン少年《しょうねん》は何《なに》やらタブレットを操作《そうさ》しながら、厳《きび》しい声《こえ》で告《つ》げる。

「のんびりするな。あと20秒《びょう》ほどで防火扉《ぼうかとびら》は破壊《はかい》される」

「！」

確《たし》かに近《ちか》くの防火扉《ぼうかとびら》には大《おお》きなひびが入《はい》り、もうすぐ壊《こわ》されてしまいそうだ。

少年《しょうねん》は防火扉《ぼうかとびら》とは反対方向《はんたいほうこう》に走《はし》り出《だ》し、私達《わたしたち》も急《いそ》いでその後《あと》を追《お》った。

「美晴《みはる》ちゃん、こっち！」

「うん！」

「どこ？　一体《いったい》どこに行《い》けば助《たす》かるの!?」

私《わたし》と恭哉《きょうや》くん、それと今出会《いまであ》ったばかりの麻耶《まや》ちゃんと潮《うしお》ちゃんは、とにかく少年《しょうねん》を見《み》失《うしな》わないように走《はし》るスピードを上《あ》げた。

多分本能的《たぶんほんのうてき》に、この少年《しょうねん》がいれば助《たす》かるんじゃないか……とみんな考《かんが》えたんだと思《おも》う。

だってとっさに防火扉《ぼうかとびら》を作動《さどう》させて、ギロンパの足止《あしど》めをしてくれたのは彼《かれ》に違《ちが》いないから。

「あ、潮《うしお》に麻耶《まや》!?」

「おまえら無事《ぶじ》だったのかよ!?」

少年《しょうねん》の後《あと》をついていき、下《くだ》り階段《かいだん》を少《すこ》し過《す》ぎた所《ところ》で、先《さき》に逃《に》げたはずのサッカー少年達《しょうねんたち》がウロウロしていた。二人《ふたり》は麻耶《まや》ちゃんと潮《うしお》ちゃんの姿《すがた》を見《み》るなり、ホッと表情《ひょうじょう》を緩《ゆる》ませる。

「コラァッ、疾風《はやて》に旋風《つむじ》！　あんた達《たち》、よくもあたし達《たち》を見捨《みす》ててくれたわねぇ！」

「うわぁ、ストップ！　麻耶《まや》、ストップ！」

だけど置《お》いていかれた麻耶《まや》ちゃんは、怒《いか》りのあまりグーで双子達《ふたごたち》を殴《なぐ》ろうとした。

二人《ふたり》は素早《すばや》い動《うご》きでパンチを避《よ》けて、慌《あわ》てて言《い》い訳《わけ》する。

「ごめん、悪《わる》かった！　オレ達《たち》が悪《わる》かったよ！」

「だけどその代《か》わりにいい逃《に》げ場所《ばしょ》見《み》つけたんだ、ほら！」

双子達《ふたごたち》は平謝《ひらあやま》りしながら、窓《まど》から見《み》える大《おお》きな建物《たてもの》を指《ゆび》さした。

だけどヘッドホン少年《しょうねん》がタブレットを操《あやつ》りながら、二人《ふたり》の提案《ていあん》を却下《きゃっか》する。

「やめたほうがいい。あのエリアにはたくさんの監視《かんし》カメラが仕掛《しか》けられてるから、すぐに見《み》つかる可能性《かのうせい》が高《たか》い」

「え？　そうなの⁉」

「なんでそんなことがわかるんだよっ⁉　てか、おまえ誰《だれ》だ⁉」

少年《しょうねん》はその質問《しつもん》を無視《むし》して、素早《すばや》い指使《ゆびづか》いでタブレットをタップし続《つづ》けている。

「それじゃあどこに隠《かく》れるのが一番安全《いちばんあんぜん》かな？」

「安全《あんぜん》な場所《ばしょ》なんてどこにもない。でも強《し》いて挙《あ》げるなら……」

恭哉《きょうや》くんが尋《たず》ねると、少年《しょうねん》はどこからか入手《にゅうしゅ》した牢獄内《ろうごくない》の地図《ちず》を分析《ぶんせき》していく。

「この階段《かいだん》を下《くだ》った先《さき》に、何《なに》に使《つか》われてるのかわからない地下室《ちかしつ》がある。ただしそこに罠《わな》が仕掛《しか》けられていたら一発《いっぱつ》アウト！　……だけど」

「………」

――ゴクリ。

少年《しょうねん》の言葉《ことば》を聞《き》いて私達《わたしたち》は同時《どうじ》に息《いき》を飲《の》んだ。

でもどれほど危険《きけん》だとしても、もう悩《なや》んでいる時間《じかん》はない。階段《かいだん》の上《うえ》からは防火扉《ぼうかとびら》が破《やぶ》られるバキバキッという音《おと》がして、ギロンパが急接近《きゅうせっきん》しているんだから。

「よし、一《いち》か八《ばち》か、そこに隠《かく》れるぞ！　美晴《みはる》ちゃんもいい？」

「う、うん！」

私達《わたしたち》は恭哉《きょうや》くんの号令《ごうれい》と共《とも》に走《はし》り出《だ》し——生《い》き延《の》びるために逃《に》げた。一目散《いちもくさん》に逃《に》げた。

少年《しょうねん》の案内《あんない》で1階《かい》のさらに下《した》、普段《ふだん》ならうっかり見過《みす》ごしてしまいそうな狭《せま》い階段《かいだん》を下《くだ》っていき、謎《なぞ》の地下室《ちかしつ》の扉《とびら》を開《ひら》く。

「うっ！」

「な、なんだ、ここは……」

そこはとても薄暗《うすぐら》く、何《なに》に使《つか》うのかわからない金属製《きんぞくせい》の機材《きざい》が所狭《ところせま》しと置《お》かれていた。

鼻《はな》をツンと刺激《しげき》する鉄《てつ》サビの臭《にお》いがひどくて、私《わたし》は思《おも》わず顔《かお》をしかめる。

壁《かべ》にも不気味《ぶきみ》な赤茶《あかちゃ》けた染《し》みが広《ひろ》がっていて、いかにも怪《あや》しい場所《ばしょ》だった。

「多分《たぶん》ここ、拷問部屋《ごうもんべや》……かな」

「えっ、ご、拷問《ごうもん》っっ⁉」

しかも少年《しょうねん》がボソリととんでもないことを言《い》いだすから、私《わたし》は大《おお》きな声《こえ》を上《あ》げてしまった。

もしもここが本当《ほんとう》に拷問部屋《ごうもんべや》なら、こんなとこにいたくない！

みんな私《わたし》と同《おな》じことを思《おも》ったのか来《き》た道《みち》を引《ひ》き返《かえ》そうとしたけど、最後《さいご》に部屋《へや》に入《はい》った恭哉《きょうや》くんが重《おも》たい扉《とびら》を閉《し》めて鍵《かぎ》をかけてしまった。

「ちょ、マジでこんな所《ところ》に隠《かく》れる気《き》!?　やだやだ、気持《きも》ち悪《わる》いわよ！」

「大《おお》きな声《こえ》を出《だ》さないで！　死《し》にたくなかったらここでギロンパをやり過《す》ごすしかないんだ！」

恭哉《きょうや》くんは唇《くちびる》に人差《ひとさ》し指《ゆび》を当《あ》て、麻耶《まや》ちゃんやみんなに声《こえ》を出《だ》さないよう指示《しじ》を出《だ》した。

真《ま》っ暗闇《くらやみ》の中《なか》、頼《たよ》りになるのはスマホのわずかな明《あ》かりだけ。

地下室《ちかしつ》に潜《ひそ》む全員《ぜんいん》が息《いき》を殺《ころ》す中《なか》、建物《たてもの》を壊《こわ》しまくるギロンパの非情《ひじょう》な声《こえ》が響《ひび》く。

「ムムゥ〜？　おまえら一体《いったい》どこに隠《かく》れたロン？　絶対絶対《ぜったいぜったい》捜《さが》し出《だ》してやるロン〜!!」

——ズガンッ！　ドカンッ！　バキンッ！

地下室《ちかしつ》のすぐ真上《まうえ》から建物《たてもの》が破壊《はかい》されている音《おと》が鳴《な》り続《つづ》いて、今《いま》にも天井《てんじょう》ごと押《お》し潰《つぶ》されてしまいそうだ。私達《わたしたち》は部屋《へや》の隅《すみ》っこに集《あつ》まり、早《はや》くギロンパが通《とお》り過《す》ぎますように……と必死《ひっし》に祈《いの》り続《つづ》ける。

「ったく、なんなんだよ。なんでオレらがこんな目《め》に遭《あ》うんだよ……」

「お父《とう》さん、お母《かあ》さぁん……っ」

「ほら、涙《なみだ》をふきなさいよ、潮《うしお》」

「………」

誰《だれ》もが恐怖《きょうふ》で震《ふる》える中《なか》、私《わたし》も体育座《たいいくずわ》りのまま小《ちい》さく縮《ちぢ》こまり、隣《となり》に座《すわ》っている恭哉《きょうや》くんに話《はな》しかける。

「恭哉《きょうや》くん。さっきはありがとう。恭哉《きょうや》くんが助《たす》けに戻《もど》ってくれなかったら、ギロンパに見《み》つかってたよ……」

「いや、そんなこと…。ボクだって最初《さいしょ》は彼女達《かのじょたち》を見捨《みす》てようとしたし……」

恭哉《きょうや》くんはばつが悪《わる》そうに頭《あたま》を掻《か》いて、チラリと麻耶《まや》ちゃん達《たち》を振《ふ》り返《かえ》る。

「だけどなんの迷《まよ》いもなく引《ひ》き返《かえ》す美晴《みはる》ちゃんを見《み》てたら、すごく自分《じぶん》が恥《は》ずかしくなった。さすが北上医院《きたかみいいん》の跡取《あとと》りだね。美晴《みはる》ちゃんから大事《だいじ》なこと、教《おそ》わった気《き》がする」

「そ、そんなこと……」

「とは言《い》っても、あいつがいなきゃ多分《たぶん》、助《たす》けも間《ま》に合《あ》わなかっただろうけど」

「！」

恭哉《きょうや》くんと私《わたし》はみんなの輪《わ》から外《はず》れてノートパソコンをいじっているヘッドホン少年《しょうねん》を見《み》た。私《わたし》はゴクリと唾《つば》を飲《の》み込《こ》むと、勇気《ゆうき》を出《だ》して少年《しょうねん》に近《ちか》づいてみる。

「あ、あの……」

「……ちっ。さすがにセキュリティシステムにロックがかかったか」

「……!?」

暗闇《くらやみ》の中《なか》で、少年《しょうねん》はずっと一人《ひとり》で何《なに》か調《しら》べているみたいだ。

改《あらた》めて顔《かお》を見《み》つめてみれば、恭哉《きょうや》くんとはまた別《べつ》のタイプのイケメン。

恭哉《きょうや》くんが王子《おうじ》なら、この少年《しょうねん》はクールビューティー……っていうのかな。

私《わたし》はさっきのお礼《れい》を言《い》うために、少年《しょうねん》の横《よこ》に腰《こし》を下《お》ろした。

「ねえ、ちょっといい？」

「何《なに》？」

「今《いま》さらだけどさっきはありがとう。もしかしなくても、わざわざ私達《わたしたち》を助《たす》けに来《き》てくれたんだよね？」

「……別《べつ》に。ただあんな危険《きけん》な状況《じょうきょう》で他人《たにん》を助《たす》けようなんてお人《ひと》よし、初《はじ》めて見《み》たし」

私《わたし》は廊下《ろうか》でぶつかった後《あと》の流《なが》れを思《おも》い出《だ》しながら、少年《しょうねん》にぺこりと頭《あたま》を下《さ》げる。

「……」

「え、えーと……」

うーん、これって暗《あん》に褒《ほ》められているのか、けなされているのか。

多分《たぶん》、後者《こうしゃ》だろうなあ。

――カタ、カタカタ……。

私《わたし》と話《はな》している間《あいだ》も、少年《しょうねん》の手《て》は止《と》まらなかった。こんな状況《じょうきょう》なのに怖《こわ》くないのかなぁと思《おも》いながら、私《わたし》はもう一《ひと》つ質問《しつもん》する。

「……？　えと、こんな時《とき》に何《なに》してるの？」

「もう一度《いちど》セキュリティシステムを破《やぶ》れないかアタックかけてる。けど、ギロンパもそこまでマヌケじゃないみたいだ」

少年《しょうねん》は諦《あきら》めたようにふうとため息《いき》をつくと、ようやく電源《でんげん》を落《お》とした。

ここで私《わたし》はようやく少年《しょうねん》がハッキング——つまりネットから不正《ふせい》アクセスしてギロンパ側《がわ》の情報《じょうほう》を盗《ぬす》んでいるのだと気《き》づいた。どうやら彼《かれ》は、かなり優秀《ゆうしゅう》なハッカーらしい。

「……」

「……」

それから会話《かいわ》を続《つづ》けることができなくなって、私《わたし》は息《いき》を殺《ころ》すようにじっとしていた。

——ズガン、ズガン、ズガン！

頭上《ずじょう》から激《はげ》しい破壊音《はかいおん》が響《ひび》く中《なか》、私《わたし》はふと思《おも》いついて自分《じぶん》の名前《なまえ》を名乗《なの》ってみる。

「私《わたし》、北上美晴《きたかみみはる》。あなたは？」

「…………、……ライ」

——大井雷太《おおいらいた》。通称《つうしょう》ライ。

意外《いがい》とあっさり名前《なまえ》を教《おし》えてくれた。

その後《ご》もどれだけ長《なが》い時間《じかん》かわからないけれど、私《わたし》は無言《むごん》を貫《つらぬ》くライくんのそばでかくれんぼが終《お》わるのを待《ま》ち続《つづ》けた。

◇◆◇◇◆◇

『おまえらよくぞ逃《に》げきったロン。ギロンパ、そろそろお腹《なか》が空《す》いたからかくれんぼは終《お》わりにするロン。じゃ、また明日《あした》ね～♪』

終了宣言《しゅうりょうせんげん》がスマホから聞《き》こえ、長《なが》い長《なが》いかくれんぼが終《お》わったのは夜《よる》8時《じ》を過《す》ぎた頃《ころ》だった。あれだけ激《はげ》しかった外《そと》の嵐《あらし》も今《いま》はウソのように静《しず》まり、夜空《よぞら》にはぽっかりと丸《まる》い月《つき》が浮《う》かんでいる。

私達《わたしたち》が隠《かく》れていた地下室《ちかしつ》は見《み》つからずに、ギロンパの攻撃《こうげき》にも耐《た》えきってくれたのだ。

スマホを確認《かくにん》すると、ゲーム参加者《さんかしゃ》100人《にん》のうち50人《にん》の指名手配書《しめいてはいしょ》に『DEAD《デッド》』のハンコが押《お》されている。ギロンパの宣言通《せんげんどお》り半数《はんすう》の参加者《さんかしゃ》がゲームから脱落《だつらく》し、カチコッチの犠牲《ぎせい》になったのだ。

「改《あらた》めて美晴《みはる》ちゃん、恭哉《きょうや》くん、それからライくん。あたし達《たち》を助《たす》けてくれてありがとう！　この恩《おん》は絶対一生忘《ぜったいいっしょうわす》れないから！」

「う、潮《うしお》もです。本当《ほんとう》にありがとうございました！」

かくれんぼが終《お》わった後《あと》。地下室《ちかしつ》から出《で》た私達《わたしたち》は麻耶《まや》ちゃんと潮《うしお》ちゃんからはものすごく感謝《かんしゃ》された。

双子《ふたご》のサッカー少年《しょうねん》は小林疾風《こばやしはやて》、旋風《つむじ》という名前《なまえ》らしい。

4人《にん》は同《おな》じ熊梨小学校《くまなししょうがっこう》に通《かよ》うクラスメイトだという。

疾風《はやて》くんと旋風《つむじ》くんはあの後《あと》もたっぷり麻耶《まや》ちゃんに叱《しか》られて、本気《ほんき》でしょげていた。

どうやら麻耶《まや》ちゃんは熊梨小《くまなししょう》グループで一番強《いちばんつよ》いアネゴ肌《はだ》の女《おんな》の子《こ》のようだ。


夜《よる》8時半過《じはんす》ぎ、私達《わたしたち》は天井《てんじょう》や壁《かべ》が崩《くず》れていない2階《かい》へと移動《いどう》した。そこ大《おお》きな食堂《しょくどう》になっていて、他《ほか》のゲーム参加者《さんかしゃ》も少《すこ》しずつ集《あつ》まり始《はじ》める。みんな疲《つか》れきっていて椅子《いす》や床《ゆか》の上《うえ》に座《すわ》ったままだ。

突然未来《とつぜんみらい》の犯罪者《はんざいしゃ》と決《き》め付《つ》けられ、理不尽《りふじん》なゲームに巻《ま》き込《こ》まれたこと。

明日《あした》も明後日《あさって》もこのゲームが続《つづ》くこと。

もしかしたら次《つぎ》に死《し》ぬのは自分《じぶん》かもしれないこと……。

みんなの心《こころ》の中《なか》には恐怖《きょうふ》と不安《ふあん》しかなくて、誰《だれ》もが固《かた》く口《くち》を噤《つぐ》んでた。

「あ、ねぇ。冷蔵庫《れいぞうこ》の中《なか》にお米《こめ》がある。これで今夜《こんや》の夕食《ゆうしょく》はなんとかなるかも！」

そんな中《なか》で私《わたし》はわざと大《おお》きな声《こえ》を出《だ》して、夕食《ゆうしょく》を用意《ようい》しようと恭哉《きょうや》くんや麻耶《まや》ちゃん達《たち》に提案《ていあん》した。炊飯器《すいはんき》じゃなく鍋《なべ》でお米《こめ》を炊《た》く方法《ほうほう》は、家庭科《かていか》で習《なら》って知《し》ってるし。

「何《なに》言《い》ってんだよ。こんな時《とき》に飯《めし》なんて悠長《ゆうちょう》に食《く》ってられるか！」

「ちょ、旋風《つむじ》！　そんな言《い》い方《かた》ってないじゃない！」

でも私《わたし》が言《い》いだしたことに、旋風《つむじ》くんが怒《おこ》った。旋風《つむじ》くんは間《あいだ》に立《た》った麻耶《まや》ちゃんの体《からだ》を押《お》しのけて、私《わたし》をきつく睨《にら》む。だけど私《わたし》も負《ま》けじと言《い》い返《かえ》した。

「こんな時《とき》……だからだよ。私《わたし》、ギロンパの思《おも》い通《どお》りになんかなりたくない」

「え？」

「私《わたし》、思《おも》いっきり抵抗《ていこう》してやるの。このギルティゲーム、何《なに》がなんでも生《い》き残《のこ》ろうよ！　そのためには今《いま》は辛《つら》くても何《なに》か食《た》べて体力《たいりょく》をつけなきゃ！　このまま何《なに》も食《た》べずに弱《よわ》っていったら、それこそギロンパの思《おも》う壺《つぼ》だよ！」

「！」

私《わたし》がそう強《つよ》く訴《うった》えかけると、食堂《しょくどう》の中《なか》の空気《くうき》がざわりと揺《ゆ》れ動《うご》いた。恭哉《きょうや》くんや麻耶《まや》ちゃん、潮《うしお》ちゃんも、すぐ私《わたし》の意見《いけん》に賛同《さんどう》してくれる。

「確《たし》かに体力《たいりょく》もないままギロンパに挑《いど》むのは無謀《むぼう》だよね」

「うんうん、あたしも手伝《てつだ》う。おにぎりくらいなら作《つく》れるし」

「美晴《みはる》ちゃんの言《い》う通《とお》りです。みんな、とにかくご飯《はん》はしっかり食《た》べましょう！」

恭哉《きょうや》くんたちの呼《よ》びかけがきいたのか、他《ほか》の参加者《さんかしゃ》も戸惑《とまど》いながら私達《わたしたち》の周《まわ》りに集《あつ》まり始《はじ》めた。旋風《つむじ》くんもばつの悪《わる》そうな顔《かお》をしながら「手伝《てつだ》うよ……」と夕飯《ゆうはん》の支度《したく》を手伝《てつだ》ってくれることになった。

それから30分後《ぷんご》。私達《わたしたち》は鍋《なべ》で炊《た》いたご飯《はん》でおにぎりを作《つく》った。

やっぱりみんな空腹《くうふく》だったのか、食《た》べ物《もの》を前《まえ》にするとお腹《なか》がグーッと鳴《な》る。

「美晴《みはる》ちゃんってすごいね。こんな時《とき》でも前向《まえむ》きなんだもん」

「え？　前向《まえむ》き？　私《わたし》が？　そ、そんなこと全然《ぜんぜん》ないよ！」

おにぎりを握《にぎ》りながら、隣《となり》に立《た》つ麻耶《まや》ちゃんが私《わたし》に話《はな》しかけてきた。面《めん》と向《む》かって褒《ほ》められるのに慣《な》れていなくて、私《わたし》は慌《あわ》てて首《くび》を横《よこ》に振《ふ》る。

「ううん、なんか美晴《みはる》ちゃんといると、あたし元気《げんき》になる。美晴《みはる》ちゃんは他人《たにん》を勇気《ゆうき》づける才能《さいのう》とか、絶対《ぜったい》あると思《おも》う！」

「そ、そうかな……」

麻耶《まや》ちゃんにもう一度《いちど》褒《ほ》められて、私《わたし》は思《おも》わず真《ま》っ赤《か》になった。ただギロンパに負《ま》けたくないっていう一心《いっしん》だったんだけど、みんなが少《すこ》しでも元気《げんき》になってくれたなら嬉《うれ》しい。

「でもそういう麻耶《まや》ちゃんだって勇気《ゆうき》があるよね。潮《うしお》ちゃんを助《たす》けようとしてた姿《すがた》、カッコよかったよ」

私《わたし》が褒《ほ》め返《かえ》すと、潮《うしお》ちゃんもおずおずと会話《かいわ》に参加《さんか》してきた。

「そ、そうなんです、麻耶《まや》ちゃんは正義感《せいぎかん》が強《つよ》くて、学校《がっこう》でも弱《よわ》い者《もの》いじめをしている人《ひと》がいると必《かなら》ずやっつけてくれてるんです」

「麻耶《まや》ちゃん、カッコいいね」

「はい。麻耶《まや》ちゃんは潮《うしお》の自慢《じまん》の友達《ともだち》なんです！」

潮《うしお》ちゃんは頼《たよ》りがいのある麻耶《まや》ちゃんが本当《ほんとう》に好《す》きなんだろう。

ただでさえ可愛《かわい》い顔《かお》が、麻耶《まや》ちゃんのことを語《かた》る時《とき》はキラキラと輝《かがや》いてる。

「……そんなこと、ないよ」

「え？」

「私《わたし》、そんなすごい人間《にんげん》じゃ……ない」

だけど麻耶《まや》ちゃんはなぜか急《きゅう》に顔《かお》を曇《くも》らせて、おにぎりを作《つく》る手《て》を止《と》めてしまった。

一体《いったい》どうしたんだろうと首《くび》を傾《かし》げると、麻耶《まや》ちゃんは今《いま》にも泣《な》きそうな顔《かお》をしてた。

「あたし、本当《ほんとう》は疾風《はやて》や旋風《つむじ》を怒《おこ》る資格《しかく》なんてない。だってもしも美晴《みはる》ちゃんが駆《か》けつけてくれるのがあと10秒遅《びょうおそ》かったら、あたし……」

「……」

「あたしも潮《うしお》のことを見捨《みす》てて、自分一人《じぶんひとり》で逃《に》げてた、かも……」

「……」

麻耶《まや》ちゃんはうなだれて、自分《じぶん》の弱《よわ》さを正直《しょうじき》に告白《こくはく》した。

でもそれも仕方《しかた》ないことだと思《おも》う。麻耶《まや》ちゃんはしっかりした女《おんな》の子《こ》だけど、あの状況《じょうきょう》に追《お》い込《こ》まれたら、誰《だれ》でも同《おな》じ行動《こうどう》をとったかもしれない。

「あ、謝《あやま》らないでぇ、麻耶《まや》ちゃん。そもそも潮《うしお》がとろくて、瓦礫《がれき》に閉《と》じ込《こ》められたのが悪《わる》かったんですからぁ……」

「で、でも……」

「そうだよ、それに結果的《けっかてき》には麻耶《まや》ちゃんは潮《うしお》ちゃんを助《たす》けられたじゃない！　大事《だいじ》なのは今二人《いまふたり》とも生《い》きてるってことだよ。今日《きょう》のことを後悔《こうかい》してるなら、その後悔《こうかい》を明日《あした》また繰《く》り返《かえ》さなきゃいいだけだと思《おも》う！」

「み、美晴《みはる》ちゃん、潮《うしお》……」

私《わたし》と潮《うしお》ちゃんが励《はげ》ますと、麻耶《まや》ちゃんの勝気《かちき》な瞳《ひとみ》からボロボロと大粒《おおつぶ》の涙《なみだ》がこぼれた。

それから麻耶《まや》ちゃんは突然私《とつぜんわたし》と潮《うしお》ちゃんに力《ちから》の限《かぎ》り抱《だ》きついてきた。

「二人《ふたり》ともありがとぉ！　明日《あした》のゲームも、みんなで協力《きょうりょく》して絶対《ぜったい》に生《い》き残《のこ》ろうね！」

「う、うん、もちろん！」

「う、潮《うしお》も麻耶《まや》ちゃんのこと、ずっとずっと信頼《しんらい》してますからぁ！」

感情《かんじょう》が高《たか》ぶった私《わたし》たち3人《にん》は、ワンワンと大声《おおごえ》を上《あ》げて泣《な》いてしまった。

ギリギリのピンチを一緒《いっしょ》にくぐり抜《ぬ》けたからか、今日出会《きょうであ》ったばかりだというのに、私《わたし》たち3人《にん》の間《あいだ》には強《つよ》いキズナが生《う》まれつつある。

ぎゅううっと抱《だ》き返《かえ》す腕《うで》に力《ちから》を込《こ》めると、服越《ふくご》しにぬくもりが伝《つた》わってきた。

「あいた！　痛《いた》い、痛《いた》い、潮《うしお》！　あんたちょっと強《つよ》く抱《だ》きつきすぎ！」

だけどちょっと力《ちから》を入《い》れすぎたのか、突然麻耶《とつぜんまや》ちゃんが潮《うしお》ちゃんを軽《かる》く突《つ》き放《はな》した。

よく見《み》ると潮《うしお》ちゃんが腕《うで》を回《まわ》してた麻耶《まや》ちゃんの首《くび》の付《つ》け根辺《ねあた》りが、真《ま》っ赤《か》になってる。

「潮《うしお》、あんた見《み》かけの割《わり》に結構力《けっこうちから》があるんだから、少《すこ》しは加減《かげん》してよね」

「ご、ごめんなさい……」

「え？　そうなの？」

「うん、ほら、見《み》てよ、潮《うしお》の作《つく》ったおにぎり……」

麻耶《まや》ちゃんが指《ゆび》さした先《さき》を見《み》ると、お皿《さら》の上《うえ》には普通《ふつう》のおにぎりの倍《ばい》くらいある岩《いわ》みたいな物体《ぶったい》がゴロリと並《なら》んでた。

え？　これっておにぎりなの？

こんなガチガチになるまで握《にぎ》れるなんて、どれだけ握力《あくりょく》があるんだろ？華奢《きゃしゃ》な見《み》た目《め》とは裏腹《うらはら》に、どうやら結構《けっこう》な怪力《かいりき》の持《も》ち主《ぬし》らしい潮《うしお》ちゃん。そんな彼女《かのじょ》とガチガチおにぎりを交互《こうご》に見比《みくら》べながら、私《わたし》は思《おも》わず吹《ふ》き出《だ》してしまった。

「アハハ、本当《ほんとう》だ。人《ひと》は見《み》かけによらないね」

「ううぅ、美晴《みはる》ちゃんひどいです。潮《うしお》、一生懸命握《いっしょうけんめいにぎ》ったのにぃ」

「ごめん、ごめん」

すると私達《わたしたち》の会話《かいわ》に、もう一人《ひとり》の人物《じんぶつ》が加《くわ》わった。

「女子《じょし》は仲《なか》がいいね。なんだかうらやましいな」

「！　あ、恭哉《きょうや》くん」

それは食堂《しょくどう》に帰《かえ》ってきた恭哉《きょうや》くんだ。恭哉《きょうや》くんはたくさんの毛布《もうふ》を両脇《りょうわき》に抱《かか》えていて、後《うし》ろには疾風《はやて》くんや旋風《つむじ》くんも続《つづ》いてる。私達《わたしたち》が夕飯《ゆうはん》の支度《したく》をしている間《あいだ》に、男子《だんし》は寝具《しんぐ》を探《さが》してきてくれたみたいだ。

「おい、恭哉《きょうや》。倉庫《そうこ》で見《み》つけた毛布《もうふ》、どうすりゃいいんだよ？」

「もちろん女《おんな》の子《こ》から優先的《ゆうせんてき》に配《くば》って。数《かず》が足《た》りないなら男子《だんし》は段《だん》ボールか新聞紙《しんぶんし》な」

「うおっ、なんだそりゃ。ひでぇ！」

「アハハハハ、こーゆー時《とき》こそレディファーストだよ」

「ふーん、さすが未来《みらい》の弁護士様《べんごしさま》だよな。いつでも弱《よわ》い者《もの》の味方《みかた》ってわけかよ」

「うん、そーゆーこと」

うわわ。しかも恭哉《きょうや》くん、いつの間《ま》にか小林兄弟《こばやしきょうだい》とメチャクチャ仲良《なかよ》くなってる⁉

うーん、さすが桃《もも》が原小《はらしょう》の王子《おうじ》！　人《ひと》の心《こころ》を掴《つか》むのが抜群《ばつぐん》に上手《うま》いし、いつの間《ま》にか男子《だんし》のリーダーになってるっぽいし……。

私《わたし》は改《あらた》めて恭哉《きょうや》くんのすごさを実感《じっかん》し、彼《かれ》がいれば心強《こころづよ》いなって思《おも》った。


それから私達《わたしたち》はみんなにおにぎりを配《くば》って、夕食《ゆうしょく》を終《お》えた。少《すこ》しでも体《からだ》を休《やす》めるために恭哉《きょうや》くんたちが探《さが》してきてくれた毛布《もうふ》をかぶって、床《ゆか》の上《うえ》で横《よこ》になる。

眠《ねむ》りに就《つ》く前《まえ》のわずかの間《あいだ》に、麻耶《まや》ちゃんや潮《うしお》ちゃんといろんなことを話《はな》した。

麻耶《まや》ちゃんの未来《みらい》の罪状《ざいじょう》は「傷害罪《しょうがいざい》」。

潮《うしお》ちゃんの罪状《ざいじょう》は「結婚詐欺《けっこんさぎ》」。

小林兄弟《こばやしきょうだい》の罪状《ざいじょう》は「窃盗罪《せっとうざい》」なんだって。

でも指名手配書《しめいてはいしょ》をいくら見《み》ても、やっぱり私《わたし》はピンとこない。

私達《わたしたち》は本当《ほんとう》にギロンパの言《い》う通《とお》り、『未来《みらい》で罪《つみ》を犯《おか》す極悪人《ごくあくにん》』……なのかな？

――カタ、カタカタ……


その音《おと》に気《き》づいたのは、月《つき》が西《にし》の彼方《かなた》に傾《かたむ》くような時刻《じこく》だった。

真《ま》っ暗闇《くらやみ》の中《なか》、私《わたし》はふとトイレに行《い》きたくなって目《め》を覚《さ》ます。するとみんなが寝静《ねしず》まっている食堂《しょくどう》の隅《すみ》で、ノートパソコンのモニターの明《あ》かりが漏《も》れているのが見《み》えた。

カタカタという音《おと》はパソコンのキーを叩《たた》く音《おと》。

こんな遅《おそ》くまで一人《ひとり》で起《お》きていたのは……ライくんだ。

「ライくん、そろそろ寝《ね》たほうがいいよ。明日《あした》もゲームがあるんだし」

「……………」

私《わたし》は眠《ねむ》い目《め》をこすりながら、ライくんに近《ちか》づいた。でもライくんは私《わたし》のほうを振《ふ》り向《む》きもせず、相変《あいか》わらず調《しら》べ物《もの》に夢中《むちゅう》のようだ。

「……ずいぶんとのんきだな。そんなんで明日《あした》も生《い》き残《のこ》れると思《おも》ってんの？」

「…………。い、生《い》き残《のこ》るもん」

私《わたし》の呼《よ》びかけに対《たい》するライくんの答《こた》えは、ひどくぶっきらぼうだった。

思《おも》わずムッとして、ノートパソコンのモニタを覗《のぞ》き込《こ》む。

画面《がめん》には今日《きょう》みんなで逃《に》げ込《こ》んだ、あの地下室《ちかしつ》の画像《がぞう》が映《うつ》し出《だ》されていた。

「あれ？　なんで今《いま》さら調《しら》べてるの？　かくれんぼはもう終《お》わったのに」

「……」

いくら待《ま》っても質問《しつもん》の答《こた》えは返《かえ》ってこなくて、ライくんは真剣《しんけん》な顔《かお》で地図《ちず》をじっと見続《みつづ》けている。

うーん、やっぱりライくんって不思議《ふしぎ》な男《おとこ》の子《こ》だ。

ほとんど表情《ひょうじょう》が動《うご》かないから、一体何《いったいなに》を考《かんが》えているのかわからないし。

そんなことを考《かんが》えてると、ライくんはふと独《ひと》り言《ごと》のようにつぶやいた。

「おかしい……と思《おも》わない？」

「え？」

「本当《ほんとう》にギロンパは、オレ達《たち》が地下室《ちかしつ》に隠《かく》れてるのを見《み》つけられなかったのかな？」

「………え？」

ライくんが何《なに》を言《い》いたいのか理解《りかい》できなくて、私《わたし》は思《おも》わず首《くび》を傾《かし》げる。

「いいか、もう一度《いちど》よく考《かんが》えてみろよ。このデータは牢獄《ろうごく》のセキュリティシステムから盗《ぬす》み出《だ》したものなんだ。ギロンパが知《し》らないはずないだろ」

「あ……」

そういえばそうだ。ギロンパは牢獄《ろうごく》の主《あるじ》で、この建物内《たてものない》を知《し》り尽《つ》くしてる。

なのにあの地下室《ちかしつ》を見《み》つけられなかったなんて少《すこ》し……。

ううん、すごく不自然《ふしぜん》だ。

ライくんと同《おな》じ疑問《ぎもん》を感《かん》じた瞬間《しゅんかん》、ゾクリと私《わたし》の背筋《せすじ》に悪寒《おかん》が走《はし》った。

「このゲーム、本当《ほんとう》にオレ達《たち》を罰《ばっ》するためのゲームなのか？　それとも……」

「………」

——それとも……。

ライくんの疑問《ぎもん》は小《ちい》さな棘《とげ》となって、私《わたし》の心《こころ》にも突《つ》き刺《さ》さる。

本当《ほんとう》の答《こた》えを知《し》るのは、ゲームの主催者《しゅさいしゃ》・ギロンパのみ。

ギルティゲーム１日目《にちめ》、終了《しゅうりょう》。

でも本当《ほんとう》の恐怖《きょうふ》は……まだまだ始《はじ》まったばかり。

2日目《かめ》

運命《うんめい》の分《わ》かれ道《みち》

ギルティゲーム・2日目《かめ》。窓《まど》から見《み》える空《そら》は見事《みごと》な快晴《かいせい》だった。

昨夜《さくや》と同《おな》じようにおにぎりを作《つく》ってみんなで朝食《ちょうしょく》をとっていると、スマホからギロンパのメッセージが流《なが》れる。

『ピンポンパンポーン！　お知《し》らせするロン。ゲーム参加者《さんかしゃ》は午前《ごぜん》9時《じ》までに北棟入《きたとうい》り口《ぐち》前《まえ》に集合《しゅうごう》せよ。繰《く》り返《かえ》すロン。ゲーム参加者《さんかしゃ》は午前《ごぜん》9時《じ》までに北棟入《きたとうい》り口前《ぐちまえ》に集合《しゅうごう》せよ』

スマホに映《うつ》ったギロンパマークを目《め》にした瞬間《しゅんかん》、みんな一斉《いっせい》におにぎりを喉《のど》に詰《つ》まらせた。また残酷《ざんこく》なゲームが始《はじ》まるのだと思《おも》うと、食欲《しょくよく》がなくなってしまう。

「ほらほら、みんなしっかりして。ギロンパなんかに負《ま》けてたまるかって、昨日《きのう》寝《ね》る前《まえ》に話《はな》し合《あ》ったでしょ！」

そんな中《なか》、パンパンと手《て》を叩《たた》きながら席《せき》から立《た》ち上《あ》がったのは麻耶《まや》ちゃんだ。麻耶《まや》ちゃんはすっかり自分《じぶん》のペースを取《と》り戻《もど》したようで、勝気《かちき》な瞳《ひとみ》を爛々《らんらん》と輝《かがや》かせている。

「そう……ですね。麻耶《まや》ちゃんの言《い》う通《とお》り、潮《うしお》、今日《きょう》も頑張《がんば》ります！」

「とか言《い》ってまたオレ達《たち》の足《あし》を引《ひ》っ張《ぱ》るんじゃねーぞ、ブース！」

「そうそう、潮《うしお》はただでさえトロいんだからな！」

張《は》り切《き》る潮《うしお》ちゃんに向《む》かって、早速《さっそく》嫌《いや》みを言《い》う疾風《はやて》くんと旋風《つむじ》くん。

そんな二人《ふたり》の後頭部《こうとうぶ》に、ヒュンッと麻耶《まや》ちゃんの空手《からて》チョップが炸裂《さくれつ》した。

「コラァ、あんた達《たち》、偉《えら》そうにしてんじゃないわよ！　言《い》っとくけど昨日《きのう》みたいにあたし達《たち》を見捨《みす》てていくようなことがあったら、今度《こんど》こそ潮《うしお》に嫌《きら》われるからね！」

「えっ!?」

「マ、マジ？」

「マジマジ。昨日《きのう》の失敗《しっぱい》をとり返《かえ》したいなら、今日《きょう》はカッコいいところ見《み》せなさいよ！」

「う……………っ」

麻耶《まや》ちゃんに盛大《せいだい》に突《つ》っ込《こ》まれて、疾風《はやて》くんと旋風《つむじ》くんは涙目《なみだめ》になってた。二人《ふたり》の視線《しせん》の先《さき》には、小首《こくび》を傾《かし》げてきょとんとしてる潮《うしお》ちゃんがいる。

（ああ、そっか。もしかして疾風《はやて》くんと旋風《つむじ》くんって、本当《ほんとう》は潮《うしお》ちゃんのことが好《す》きなのかも。潮《うしお》ちゃん、メチャクチャ可愛《かわい》いもんね……）

4人《にん》の会話《かいわ》を聞《き》いていて、私《わたし》はなんとなくピンときた。

疾風《はやて》くんと旋風《つむじ》くんの会話《かいわ》は、『好《す》きな子《こ》ほどイジメちゃう』……ってやつなのかな。

一晩《ひとばん》たって、ようやく熊梨小《くまなししょう》の4人《にん》の関係《かんけい》が私《わたし》にも理解《りかい》できた。

「なんか元気《げんき》ないね。おにぎりもほとんど食《た》べてないし、大丈夫《だいじょうぶ》？」

「！」

私《わたし》がぼんやりとしてると、隣《となり》に座《すわ》っていた恭哉《きょうや》くんが心配《しんぱい》げに話《はな》しかけてきた。朝日《あさひ》に照《て》らし出《だ》される恭哉《きょうや》くんは特《とく》にやつれた様子《ようす》もなく、相変《あいか》わらずカッコいい。

「うん、大丈夫《だいじょうぶ》。これからまたゲームが始《はじ》まるのかと思《おも》ったら気《き》が重《おも》くて……」

「昨日夜遅《きのうよるおそ》くあいつ……ライと話《はな》してたよね？　なんか言《い》われた？」

「！」

恭哉《きょうや》くんも深夜《しんや》に起《お》きていたようで、ムッと難《むずか》しい顔《かお》をしてる。

斜《なな》め前方《ぜんぽう》の食卓《しょくたく》には、相変《あいか》わらずポツンとライくんが一人《ひとり》で座《すわ》っていた。

「ううん、別《べつ》に大《たい》したこと話《はな》してない……し」

「本当《ほんとう》に？　美晴《みはる》ちゃん、お願《ねが》いだからボクに隠《かく》し事《ごと》はなしにしてね？　同《おな》じ小学校《しょうがっこう》に通《かよ》う仲間《なかま》なんだからさ」

「……」

恭哉《きょうや》くんはそう言《い》って、もっとライくんの話《はなし》を聞《き》きたがったけど。

私《わたし》は胸《むね》の奥《おく》で渦巻《うずま》く不安《ふあん》を、素直《すなお》に打《う》ち明《あ》けることができなかった。

『このゲーム、本当《ほんとう》にオレ達《たち》を罰《ばっ》するためのゲームなのか？　それとも……』

だってなんだか怖《こわ》かった。ライくんの言葉《ことば》は触《ふ》れちゃいけない真実《しんじつ》に触《ふ》れているような気《き》がして……。

疑問《ぎもん》をもう一度口《いちどくち》に出《だ》してしまったら、もっと良《よ》くないことが起《お》こるんじゃないか。

そんな悪《わる》い予感《よかん》が頭《あたま》にこびりついて離《はな》れない。

「さ、今日《きょう》も頑張《がんば》っていくわよ！　絶対《ぜったい》みんなでギルティゲーム、勝《か》ち残《のこ》ろうね！」

私《わたし》を勇気《ゆうき》づけてくれたのは、明《あか》るくて頼《たよ》りがいのある麻耶《まや》ちゃんだ。

私達《わたしたち》はパン！　とハイタッチして、いよいよギロンパに指定《してい》された北棟《きたとう》へと向《む》かう。

「美晴《みはる》ちゃん、このゲームが終《お》わったら熊梨小《くまなししょう》に遊《あそ》びに来《き》て。潮《うしお》と一緒《いっしょ》にお泊《と》まり会《かい》でもしようよ！」

「わぁ、楽《たの》しそう。約束《やくそく》だよ」

「うん！」

昨日一晩《きのうひとばん》ですっかり仲良《なかよ》くなった私達《わたしたち》は、ゲームが終《お》わった後《あと》のことをいろいろ話《はな》し合《あ》った。現実逃避《げんじつとうひ》だとわかっていたけど、今《いま》はこうして友達《ともだち》と普通《ふつう》の会話《かいわ》を続《つづ》けることだけが、平静《へいせい》を保《たも》つための唯一《ゆいいつ》の手段《しゅだん》だった。

──午前《ごぜん》9時《じ》になった。私《わたし》はスマホに送《おく》られてきた刑務所内《けいむしょない》の地図《ちず》を確認《かくにん》しながら、他《ほか》の参加者《さんかしゃ》49人《にん》と一緒《いっしょ》に北棟入《きたとうい》り口前《ぐちまえ》にやってきた。

私達《わたしたち》がいたのは南棟《みなみとう》だったようで、主《おも》に囚人《しゅうじん》を収監《しゅうかん》する独房《どくぼう》が集《あつ》まった5階建《かいだ》ての建物《たてもの》。対《たい》して北棟《きたとう》は囚人《しゅうじん》を働《はたら》かせるための工場施設《こうじょうしせつ》で、1階《かい》しかない平屋建《ひらやだ》てだ。

建物《たてもの》の中《なか》に入《はい》ろうとする人《ひと》は、もちろんいない。みんなソワソワと不安《ふあん》そうに、これから何《なに》が始《はじ》まるんだろうと囁《ささや》き合《あ》ってる。

するとどこからかパッパーとクラクションが鳴《な》り、ド派手《はで》なオープンカーが入《い》り口前《ぐちまえ》にドリフトしながら走《はし》り込《こ》んできた。車《くるま》を運転《うんてん》しているのは自称《じしょう》「未来《みらい》の正義《せいぎ》の使者《ししゃ》」であるギロンパだ。

「ウッホホーイ、みんなおっはよー♪　めっちゃ清々《すがすが》しい朝《あさ》だロン！　今日《きょう》もいい一日《いちにち》になりそうだロンなー？」

みんなの前《まえ》に現《あらわ》れたギロンパは超《ちょう》ハイテンションで、座席《ざせき》から勢《いきお》いよくジャンプ！　さらにくるくるっと空中《くうちゅう》で3回転《かいてん》してから優雅《ゆうが》に着地《ちゃくち》した。

……ホント、見《み》かけによらず俊敏《しゅんびん》な動《うご》きだよね。

しかも今日《きょう》のギロンパの格好《かっこう》はどこかの国《くに》の王様《おうさま》のつもりなのか、頭《あたま》には金《きん》の王冠《おうかん》、背《せ》中《なか》には真《ま》っ赤《か》なマントを翻《ひるがえ》している。

（くそ、調子《ちょうし》に乗《の》りやがって……）

（しっ！　ギロンパに聞《き》かれたら厄介《やっかい》よ）

（ああ、早《はや》く家《うち》に帰《かえ》りたい……）

みんな苦々《にがにが》しい表情《ひょうじょう》でギロンパを睨《にら》みつつ、必死《ひっし》に唇《くちびる》を引《ひ》き結《むす》んでいた。ギロンパはその様子《ようす》をニタニタと意地悪《いじわる》く眺《なが》めながら、入《い》り口前《ぐちまえ》に用意《ようい》されていたお立《た》ち台《だい》に立《た》つ。

「さぁて、昨日《きのう》は体力勝負《たいりょくしょうぶ》だったから、２日目《かめ》のゲームは別《べつ》の趣向《しゅこう》を凝《こ》らすことにしたロン。ギロンパ考案《こうあん》——**【ザ・運命《うんめい》の分《わ》かれ道《みち》！】**」

パンパンパーンというファンファーレと共《とも》に、２日目《かめ》のゲームの内容《ないよう》が発表《はっぴょう》された。

と同時《どうじ》に、北棟《きたとう》の玄関《げんかん》がガチャンと開《ひら》く。中《なか》は一本道《いっぽんみち》になっていて、突《つ》き当《あ》たりには二《ふた》つの扉《とびら》が見《み》えた。

右《みぎ》にはA《エー》と書《か》かれた青《あお》の扉《とびら》。左《ひだり》にはB《ビー》と書《か》かれた赤《あか》の扉《とびら》。これって一体何《いったいなに》……？

「本日《ほんじつ》のゲームはズバリ二者択一《にしゃたくいつ》ゲームロン！　これからおまえらはギロンパの質問《しつもん》に答《こた》え、より人数《にんずう》の多《おお》い答《こた》えを選《えら》んだほうが生《い》き残《のこ》れるロン！」

「二者択一《にしゃたくいつ》ゲーム!?」

「なんだ、それ⁉」

発表《はっぴょう》を聞《き》いた参加者達《さんかしゃたち》は、不安《ふあん》そうに顔《かお》を見合《みあ》わせた。

ギロンパが説明《せつめい》したルールは以下《いか》の通《とお》りだ。

①まず北棟《きたとう》エリアに一人《ひとり》ずつ入《はい》り、ギロンパの質問《しつもん》に答《こた》えていく。
（例《れい》　あなたはⒶ犬派《いぬは》？　Ⓑ猫派《ねこは》？）
②A《エー》かB《ビー》どちらかの答《こた》えを選《えら》んで扉《とびら》を開《あ》け、先《さき》に進《すす》む。
③進《すす》んだ先《さき》の部屋《へや》で、いざ多数決《たすうけつ》！　人数《にんずう》の多《おお》い答《こた》えを選《えら》んだほうが生《い》き残《のこ》り！
人数《にんずう》の少《すく》ない答《こた》えを選《えら》んでしまった人《ひと》は……残念《ざんねん》！　カチコッチ即発動《そくはつどう》！
④残《のこ》り10人《にん》になるまでこの二者択一《にしゃたくいつ》ゲームを繰《く》り返《かえ》す！

1日目《にちめ》に続《つづ》き、2日目《かめ》のゲームルールも無茶苦茶《むちゃくちゃ》だった。

すぐに参加者達《さんかしゃたち》の間《あいだ》から、不平不満《ふへいふまん》が飛《と》び出《だ》す。

「多数決《たすうけつ》で負《ま》けたほうは死《し》ななきゃならないなんて、なんだよそれ⁉」

「しかも勝《か》ち残《のこ》れるのはたった10人《にん》なんて、いくらなんでも少《すく》なすぎでしょっ⁉」

「ふざけんなギロンパ！　ルールの改定《かいてい》を要求《ようきゅう》する！」

参加者《さんかしゃ》は拳《こぶし》を振《ふ》り上《あ》げて、ギロンパに猛抗議《もうこうぎ》した。けれど牢獄《ろうごく》の頂点《ちょうてん》に立《た》つギロンパの命令《めいれい》は、誰《だれ》が何《なん》と言《い》おうと絶対《ぜったい》。逆《さか》らうことは許《ゆる》されないのだ。

「あー、おまえらやかましいロン！　なんだったら今《いま》すぐここで全員《ぜんいん》のカチコッチを爆発《ばくはつ》させてやってもいいのだロン!!」

「きゃあぁぁっ！」

「そ、それだけはやめてくれっ！」

これ見《み》よがしにスイッチを押《お》す振《ふ》りをするギロンパと、それに震《ふる》えおののく参加者達《さんかしゃたち》。

悔《くや》しいけどカチコッチがある限《かぎ》り、大人《おとな》しくギロンパに従《したが》うしかない。

「それじゃあ囚人番号順《しゅうじんばんごうじゅん》に運命《うんめい》の分《わ》かれ道《みち》に入《はい》っていくロン。まずは囚人番号《しゅうじんばんごう》7番《ばん》。近藤《こんどう》麻衣《まい》！」

「は、はいぃぃ……」

こうして強制的《きょうせいてき》に二者択一《にしゃたくいつ》ゲームが始《はじ》まった。ギロンパに名前《なまえ》を呼《よ》ばれた人《ひと》から、次々《つぎつぎ》と北棟《きたとう》へ入《はい》っていく。

（二者択一《にしゃたくいつ》ってほとんど運《うん》だよね。どうしよう。確率的《かくりつてき》には五分五分《ごぶごぶ》だけど、もしいきなり少数派《しょうすうは》を選《えら》んじゃったら……）

自分《じぶん》の番《ばん》を待《ま》ちながら恐《おそ》る恐《おそ》る周《まわ》りを見回《みまわ》すと、すぐ近《ちか》くの女子《じょし》グループのヒソヒソ声《ごえ》が聞《き》こえてきた。

『いい？　中《なか》に入《はい》る前《まえ》にあたしがA《エー》かB《ビー》を選《えら》ぶから、あんた達《たち》もあたしの答《こた》えに合《あ》わせなさいよ』

『う、うん、わかった』

『つ、つまりメイサさんについていけば生《い》き残《のこ》れるってこと……だよね？』

『さっきからそう言《い》ってるじゃない。寿《す》々《ず》子《こ》、あんた、あたしが信《しん》じらんないの!?　生《い》き残《のこ》れるのは10人《にん》なんだから、他《ほか》の参加者《さんかしゃ》は蹴落《けお》としていくわよ！』

メイサというリーダーの女《おんな》の子《こ》に泣《な》きついているのは、気《き》の弱《よわ》そうな女《おんな》の子《こ》だった。

（そっか、多数決《たすうけつ》なんだから仲間《なかま》と答《こた》えを合《あ》わせたほうが生《い》き残《のこ》れる可能性《かのうせい》が高《たか》いよね）

そう気《き》づいたタイミングで、私《わたし》のスマホにも着信《ちゃくしん》が入《はい》る。目《め》の前《まえ》に立《た》つ恭哉《きょうや》くんからだった。

「あっ、恭哉《きょうや》く……」

「しっ！」

恭哉《きょうや》くんは目線《めせん》で『声《こえ》を出《だ》さないように』と合図《あいず》を出《だ》してきた。

ギロンパにバレないようにこっそりスマホを盗《ぬす》み見《み》ると、いつの間《ま》にか恭哉《きょうや》くんが立《た》ち上《あ》げたトークアプリのグループに招待《しょうたい》されていた。麻耶《まや》ちゃん、潮《うしお》ちゃん、疾風《はやて》くん、旋風《つむじ》くんたちもメンバーに入《はい》ってる。

『番号的《ばんごうてき》にはボクが一番最初《いちばんさいしょ》に中《なか》に入《はい》るみたいだね。問題《もんだい》の内容《ないよう》を確《たし》かめたら、なるべく多数派《たすうは》になるような答《こた》えを選《えら》んで、みんなにメールを送《おく》るよ』

『リョーカイ。恭哉《きょうや》くん、頼《たよ》りにしてる(^^』

『で、でも大丈夫《だいじょうぶ》でしょうか。こんなズル、もしギロンパにバレたら…(><』

『バカ潮《うしお》！ そこはバレないようにうまくやるしかないだろ！』

どうやら麻耶《まや》ちゃん達《たち》は恭哉《きょうや》くんの答《こた》えに合《あ》わせることで意見《いけん》が一致《いっち》したみたい。

もちろん私《わたし》もみんなと運命《うんめい》を共《とも》にする覚悟《かくご》はできている。

(あ、でも、ライくん……)

だけど私達《わたしたち》のグループに、ライくんの名前《なまえ》は入《はい》っていなかった。

昨日助《きのうたす》けてもらった恩《おん》もあるし、ライくんも誘《さそ》ったほうがいい……よね？

私《わたし》はライくんに声《こえ》をかけようと、一歩踏《いっぽふ》み出《だ》そうとする、けど……。

「コラッ！ そこ、ちゃんと並《なら》んで！ 勝手《かって》にウロウロしちゃダメだロン！」

「は、はいっ！」

目《め》ざとくギロンパに見《み》つかってしまい、ライくんに話《はな》しかけることはできなかった。

ああ、困《こま》ったな。ライくん、一人《ひとり》で大丈夫《だいじょうぶ》かな？

パッと見《み》たところライくんに友達《ともだち》はいないみたいだし……。

「それじゃあ囚人番号《しゅうじんばんごう》89番北上美晴《ばんきたかみみはる》。中《なか》に入《はい》るロン！」

「……」

オロオロしている間《あいだ》に、私《わたし》の番《ばん》が回《まわ》ってきてしまった。私《わたし》の番号《ばんごう》はかなり後《うし》ろなので、すでに恭哉《きょうや》くんや麻耶《まや》ちゃんたちは先《さき》に選《えら》んでいるはずだ。

「えーと、まず最初《さいしょ》の問題《もんだい》は……」

ビクビクしながら進《すす》んでいくと、分岐点《ぶんきてん》となる部屋《へや》に問題《もんだい》のプレートが立《た》っていた。

Q《キュー》1　ショートケーキのイチゴ、あなたは　Ⓐ最初《さいしょ》に食《た》べる　Ⓑ最後《さいご》に食《た》べる

「えー、私《わたし》なら好《す》きな食《た》べ物《もの》は最後《さいご》にとっておく……けど」

私《わたし》はプレートの前《まえ》で立《た》ち止《ど》まって、がっくりと肩《かた》を落《お》とした。

だってまさかショートケーキのイチゴで自分《じぶん》の生死《せいし》が決《き》まってしまうなんて思《おも》ってもみなかったから。こんなバカバカしいことを本気《ほんき》で実行《じっこう》してしまうのが、ギロンパの恐《おそ》ろしいところだ。

『みんなA《エー》に進《すす》んで』

「！」

こっそりアプリを確認《かくにん》すると恭哉《きょうや》くんからは私《わたし》が考《かんが》える答《こた》えとは正反対《せいはんたい》の指示《しじ》が出《で》ていた。私《わたし》は一瞬迷《いっしゅんまよ》うけど、みんなで決《き》めたことだから……とA《エー》の部屋《へや》へと進《すす》む。

「あ、美晴《みはる》ちゃん、こっちこっち！」

「恭哉《きょうや》くん、麻耶《まや》ちゃん、潮《うしお》ちゃん！」

分岐点《ぶんきてん》の先《さき》、A《エー》の部屋《へや》には恭哉《きょうや》くん達《たち》がちゃんと全員揃《ぜんいんそろ》っていた。私《わたし》はみんなの近《ちか》くに駆《か》け寄《よ》り、無事《ぶじ》に合流《ごうりゅう》できたことを喜《よろこ》び合《あ》う。

「恭哉《きょうや》くん、どう思《おも》う？　あたし達《たちエー》Aが勝《か》ってるかな？」

「うーん、それがA《エー》の部屋《へや》もいくつかに分《わ》けられているみたいで、最終的《さいしゅうてき》に何人《なんにん》いるかわからないんだよね」

「え？　そうなの？」

「見《み》て、あの部屋《へや》と部屋《へや》の間《あいだ》に引《ひ》かれたカーテン」

恭哉《きょうや》くんの視線《しせん》の先《さき》を追《お》うと、確《たし》かに壁際《かべぎわ》には分厚《ぶあつ》いカーテンが引《ひ》かれていて、他《ほか》の部屋《へや》にいる参加者《さんかしゃ》の様子《ようす》はわからない。ここに集《あつ》まったのは私達《わたしたち》グループと数人《すうにん》だけだ。

「だ、大丈夫《だいじょうぶ》かな、本当《ほんとう》にA《エー》で……」

「い、今《いま》さらビビってんじゃねーよ！」

「なんかカーテンの向《む》こうからたくさんの人《ひと》の声《こえ》がしますけどぉ……」

「みんな落《お》ち着《つ》いて。あとは運《うん》を天《てん》に任《まか》すしかない」

部屋《へや》についてからも、恭哉《きょうや》くん達《たち》はずっと不安《ふあん》そうにしていた。

でもそれも当《あ》たり前《まえ》だ。選《えら》んだ答《こた》えがもし少数派《しょうすうは》なら、これから私達《わたしたち》は全員死《ぜんいんし》んでしまうんだから。

(あ、ライくん!)

そして最後《さいご》にライくんが私達《わたしたち》と同《おな》じA《エー》の部屋《へや》に入《はい》ってくるのが見《み》えた。

よかったぁ。ライくんも一問目《いちもんめ》は私達《わたしたち》と同《おな》じA《エー》を選《えら》んでくれたんだ。

安心《あんしん》した私《わたし》はホッと大《おお》きく息《いき》を吐《は》き出《だ》す。

『ではそろそろ答《こた》え合《あ》わせといくローン♪　ショートケーキのイチゴ、最初《さいしょ》に食《た》べる?　最後《さいご》に食《た》べる?　さぁ、どっち?』

全員《ぜんいん》の答《こた》えが出《で》たところで、いよいよ多数決《たすうけつ》の結果《けっか》が発表《はっぴょう》されることになった。どこかに監視《かんし》カメラが仕込《しこ》まれているのか、ギロンパのアナウンスが部屋《へや》の中《なか》で大《おお》きく響《ひび》き渡《わた》る。

私《わたし》は両手《りょうて》を胸《むね》の前《まえ》で組《く》んで神様《かみさま》に祈《いの》った。

どうか……。どうかA《エー》が多数派《たすうは》でありますように!

次《つぎ》の瞬間《しゅんかん》、ザッと勢《いきお》いよくカーテンが開《あ》けられた。部屋《へや》を隔《へだ》てていた壁《かべ》は透明《とうめい》ガラスになっていて、B《ビー》のチームとガラス越《ご》しに向《む》き合《あ》う。

A《エー》を選《えら》んだ人《ひと》は、27人《にん》。B《ビー》を選《えら》んだのは23人《にん》。

わずかな差《さ》だけど——ギリギリ私達《わたしたち》の選《えら》んだA《エー》の答《こた》えのほうが多《おお》かったのだ！

「やった！　A《エー》の勝《か》ちだ！」

「よ、よかったぁ。私自分《わたしじぶん》で選《えら》んだ答《こた》えだったらB《ビー》だったよ…っ」

「潮《うしお》も……ですぅ。深海《ふかみ》くんには感謝感謝《かんしゃかんしゃ》ですっ」

私《わたし》は思《おも》わずその場《ば》にへなへなと座《すわ》り込《こ》んで、元々《もともと》B《ビー》派《は》だった潮《うしお》ちゃんと抱《だ》き合《あ》った。

だけど助《たす》かった人《ひと》もいれば、ここでゲームオーバーになった人《ひと》もいる。B《ビー》の答《こた》えを選《えら》んでしまった23人《にん》は、必死《ひっし》の形相《ぎょうそう》でガラスに張《は》り付《つ》いた。

「ふっ、ふざけんな！　イチゴは最後《さいご》に食《た》べるに決《き》まってんだろ⁉」

「やり直《なお》せ！　もう一度《いちど》二択《にたく》をやり直《なお》してくれぇ！」

「いや……なんでこんな……。なんでぇ——っ⁉」

「！」

私《わたし》はそこで信《しん》じられないものを見《み》た。B《ビー》の部屋《へや》で泣《な》き叫《さけ》んでいる女《おんな》の子《こ》——それはさっき寿々子《すずこ》と呼《よ》ばれていた気《き》の弱《よわ》そうな女《おんな》の子《こ》だったのだ！

『みんなで同《おな》じ答《こた》えに進《すす》もう』と提案《ていあん》していたメイサという女《おんな》の子《こ》と友達《ともだち》は、なぜかA《エー》の部屋《へや》に揃《そろ》っている。寿々子《すずこ》ちゃんは涙《なみだ》で顔《かお》をぐしゃぐしゃにしながら、A側《エーがわ》にいるメイサさんに向《む》かって叫《さけ》んだ。

「メイサさん、なんで……なんでそっちにいるのぉ!? ここに入《はい》る前《まえ》、みんなB《ビー》を選《えら》ぶって言《い》ってたから私《わたし》……。私《わたし》こっちを選《えら》んだのに！」

「だって仕方《しかた》ないじゃない。今日《きょう》のゲーム、最終的《さいしゅうてき》には10人《にん》しか生《い》き残《のこ》れないいんだよぉ？ だったら必要《ひつよう》のない人間《にんげん》から切《き》り捨《す》てていくしかないじゃん。ねぇ？」

「！」

メイサさんは泣《な》き崩《くず》れる寿々子《すずこ》ちゃんを見《み》て、キャハハハと意地悪《いじわる》く笑《わら》った。

私《わたし》も寿々子《すずこ》ちゃんもそこでようやく気《き》づく。

メイサさんは他《ほか》の友達《ともだち》と示《しめ》し合《あ》わせて、寿々子《すずこ》ちゃんをハ・メ・たのだ。

気弱《きよわ》な寿々子《すずこ》ちゃんだけを、二者択一《にしゃたくいつ》ゲームから脱落《だつらく》させるために……。

「ひどい……ひどい、ひどい、みんなひどいよぉっ！」

『ウキャキャキャキャ！ いいロン、いいロン。裏切《うらぎ》り、騙《だま》し合《あ》い、潰《つぶ》し合《あ》い。ギロンパ、そーゆードロドロしたの大好《だいす》きだロン♪』

メイサさん達《たち》の裏切《うらぎ》りを見《み》て、ギロンパは『透明《とうめい》の壁《かべ》にして正解《せいかい》だった！』と大喜《おおよろこ》びしてた。だけど私達参加者《わたしたちさんかしゃ》は、予想《よそう》もしてなかった展開《てんかい》を前《まえ》にして凍《こお》りつく。

「ちょ……、あれってひどすぎない？」

「お、女《おんな》ってこえー……」

麻耶《まや》ちゃんや疾風《はやて》くんたちも、メイサさん達《たち》の裏切《うらぎ》りには衝撃《しょうげき》を受《う》けていた。

まさかギロンパと同《おな》じくらい卑怯《ひきょう》な人《ひと》が参加者《さんかしゃ》の中《なか》にもいたなんて……。

どうして友達《ともだち》を平気《へいき》で裏切《うらぎ》るような真似《まね》ができるの？

だけどメイサさんが寿々子《すずこ》ちゃんを裏切《うらぎ》ったからこそ、A《エー》の答《こた》えを選《えら》んだ私達《わたしたち》は1問目《もんめ》をクリアできたわけで……。

そう考《かんが》えるとさっきまでの喜《よろこ》びが、一転《いってん》して後味悪《あとあじわる》い感情《かんじょう》に変《か》わってしまう。

『んじゃ、ゲーム脱落者《だつらくしゃ》はここでサヨナラ〜ン♪　ちなみにギロンパもホントはショートケーキのイチゴは最後《さいご》に食《た》べる派《は》だロン。テヘッ☆』

「やめろ、やめてくれぇぇ――――っ！」

「いやあぁぁ――、死《し》にたくないぃぃ――！」

「ま、待《ま》って！」

私達《わたしたち》が何《なに》も言《い》えないでいる間《あいだ》に、ギロンパはあっさり脱落者《だつらくしゃ》の刑《けい》を執行《しっこう》してしまう。

パッとB《ビー》の部屋《へや》に眩《まぶ》しい光《ひかり》が溢《あふ》れたかと思《おも》うと――寿々子《すずこ》ちゃんを含《ふく》む23人《にん》の脱落者《だつらくしゃ》は、あっという間《ま》にカチコッチの餌食《えじき》となってしまった。

「美晴《みはる》ちゃん、大丈夫《だいじょうぶ》？」

「……………」

1問目《もんめ》の結果《けっか》が出《で》た後《あと》。私《わたし》は激《はげ》しい吐《は》き気《け》を覚《おぼ》えて、部屋《へや》の端《はし》に座《すわ》り込《こ》んでしまった。

恭哉《きょうや》くんが何度《なんど》も何度《なんど》も優《やさ》しく背中《せなか》を撫《な》でてくれるけど、気分《きぶん》はちっともよくならない。

ううん、それどころか絶望《ぜつぼう》のまま死《し》んでいった寿々子《すずこ》ちゃんの無念《むねん》の表情《ひょうじょう》が、瞼《まぶた》の裏《うら》に焼《や》きついて離《はな》れなかった。

『さぁ、次《つぎ》の問題《もんだい》もどんどんいくロン！　まだ27人《にん》も参加者《さんかしゃ》が残《のこ》っているからニャ〜』

なのにギロンパは相変《あいか》わらず楽《たの》しげにゲームを進行《しんこう》していく。2問目《もんめ》は1問目《もんめ》と打《う》って変《か》わりいきなり残虐《ざんぎゃく》な内容《ないよう》に変化《へんか》していた。

Q《キュー》2　もし殺《ころ》されるなら凶器《きょうき》はどっちがいい？　Ⓐ包丁《ほうちょう》　Ⓑ拳銃《けんじゅう》

「な、何《なに》これ……」

もちろんこの場合《ばあい》、包丁《ほうちょう》も拳銃《けんじゅう》もどっちもいやだ！　……という曖昧《あいまい》な答《こた》えは存在《そんざい》しない。

絶対《ぜったい》にどちらかの答《こた》えを選《えら》ばなきゃならないのだ。

『B《ビー》の拳銃《けんじゅう》で』

ギロンパにバレないようスマホを盗《ぬす》み見《み》ると、再《ふた》び恭哉《きょうや》くんからの指示《しじ》が届《とど》いていた。

私《わたし》はその選択《せんたく》を信《しん》じてB《ビー》の部屋《へや》へと進《すす》む。

そして2問目《もんめ》の結果発表《けっかはっぴょう》の時《とき》に——再《ふた》び事件《じけん》は起《お》こった。

「ちょ、ちょっとあんた達《たち》なんでB《ビー》を選《えら》んでんのよ!?　全部《ぜんぶ》A《エー》で統一《とういつ》しようって言《い》ったじゃない！」

「！」

先《さき》ほどの寿々子《すずこ》ちゃんと同《おな》じように、A《エー》の部屋《へや》で絶叫《ぜっきょう》しているのは——なんとあのメイサさんだったのだ！

1問目《もんめ》はメイサさんに従《したが》っていた友達《ともだち》が、なぜか2問目《もんめ》ではみんなメイサさんとは違《ちが》うB《ビー》の部屋《へや》を選《えら》んでいる。メイサさんは全身《ぜんしん》をわなわなと震《ふる》わせガラス越《ご》しに『裏切者《うらぎりもの》！』と怒鳴《どな》るが、友達《ともだち》は完全《かんぜん》にメイサさんを小馬鹿《こばか》にしているようだ。

「あー、ごめんね、メイサ。でもあたし達《たち》、前々《まえまえ》から勝手《かって》にリーダー気取《きど》って、上《うえ》から目《め》線《せん》で命令《めいれい》してくるあんたのこと、ウザいと思《おも》ってたんだよねぇ」

「な、なんですって!?」

「だからさぁ、寿々子《すずこ》の次《つぎ》はあんたを切《き》り捨《す》てちゃおうって意見《いけん》が一致《いっち》したわけ。つーことで、あたし達《たち》が生《い》き残《のこ》るために犠牲《ぎせい》になって♪」

「ふ、ふざけんな……。あんた達《たち》、ふざけんじゃないわよぉぉ――っ!!」

「うわっ！」

裏切《うらぎ》る立場《たちば》から裏切《うらぎ》られる側《がわ》に回《まわ》ったメイサさんは、目《め》の前《まえ》のガラスにガンガンと頭《あたま》を打《う》ち付《つ》け始《はじ》めた。その目《め》は赤《あか》く血走《ちばし》り、髪《かみ》はグチャグチャと乱《みだ》れ放題《ほうだい》。

その姿《すがた》があまりに恐《おそ》ろしすぎて、私《わたし》は思《おも》わず目《め》を逸《そ》らす。

自業自得《じごうじとく》とは言《い》え、友達《ともだち》に裏切《うらぎ》られたメイサさんの姿《すがた》はあまりにかわいそうだった。

『ウキャキャキャ、素晴《すば》らしい展開《てんかい》だロン。他《ほか》のみんなもよく考《かんが》えるといいロン。自分《じぶん》が生《い》き延《の》びるために誰《だれ》が必要《ひつよう》で誰《だれ》が邪魔《じゃま》なのか……』

一方《いっぽう》のギロンパはこの流《なが》れに気《き》をよくして、他《ほか》の参加者《さんかしゃ》を煽《あお》り始《はじ》めた。

スピーカーの向《む》こうから優《やさ》しげな声《こえ》で問《と》いかける。

『今《いま》、おまえらの隣《となり》にいる友達《ともだち》は本当《ほんとう》に必要《ひつよう》かニャ？　自分《じぶん》の命《いのち》と他人《たにん》の命《いのち》を天秤《てんびん》にかけた時《とき》、どっちの命《いのち》が重《おも》いかよぉく考《かんが》えてみるといいロン？』

「……………っ」

『別《べつ》に命《いのち》の取捨選択《しゅしゃせんたく》をすることは悪《わる》いことじゃないロン？　誰《だれ》だって自分《じぶん》の命《いのち》が一番大切《いちばんたいせつ》

なんだから……』

「そ、それは……」

「だめだよ、疾風《はやて》くん、旋風《つむじ》くん、しっかりして！」

ギロンパに流《なが》されそうな疾風《はやて》くん達《たち》の顔《かお》を見《み》て、潮《うしお》ちゃんが大《おお》きな声《こえ》を出《だ》した。

ギロンパの言葉《ことば》はまるで悪魔《あくま》の囁《ささや》きだ。人《ひと》の心《こころ》を惑《まど》わす毒《どく》のようなもの。

一度《いちど》その毒《どく》に侵《おか》されたら、もう二度《にど》と後戻《あともど》りはできないのだ。

「そうだ、疾風《はやて》に旋風《つむじ》、ギロンパの言《い》うことなんて聞《き》いちゃだめだ。ギロンパはボク達《たち》の心《こころ》の一番弱《いちばんよわ》い部分《ぶぶん》をわざと攻撃《こうげき》してるんだ……」

「きょ、恭哉《きょうや》くん……」

恭哉《きょうや》くんも顔《かお》を真《ま》っ青《さお》にしながら、疾風《はやて》くんや他《ほか》の参加者《さんかしゃ》に向《む》かって語《かた》りかけた。

するとギロンパは甲高《かんだか》い声《こえ》でいきなり怒鳴《どな》りつける。

『なんだなんだおまえたちは！　そんな友情《ゆうじょう》ごっこはつまらないロン！　もうこうなったらさっさと2問目《もんめ》は終《お》わらせるローン！』

「きゃ……きゃあぁぁ――――っ！」

「⁉」

今度《こんど》は何《なん》の予告《よこく》もなく、メイサさん達脱落者《たちだつらくしゃ》のカチコッチのスイッチが入《い》れられた。

眩《まぶ》しい光《ひかり》と共《とも》にメイサさんの体《からだ》はカチコチに固《かた》まっていき、かすれ気味《ぎみ》の悲鳴《ひめい》が彼女《かのじょ》にとって最期《さいご》の言葉《ことば》となる。

「アハハハ、バイバーイ、メイサ♪」

「……っ」

メイサさんの死《し》の直後《ちょくご》も、メイサさんの友達《ともだち》は薄気味悪《うすきみわる》い笑顔《えがお》を浮《う》かべてた。

私《わたし》はこの時《とき》、人間《にんげん》ってなんて醜《みにく》くてずるがしこい生《い》き物《もの》なんだろう……と、心底恐《しんそこおそ》ろしくなった。

……それからはもう、似《に》たような場面《ばめん》の連続《れんぞく》だった。

ギロンパの悪魔《あくま》の囁《ささや》きが効《き》いたのか、参加者達《さんかしゃたち》は自分《じぶん》が生《い》き残《のこ》るために水面下《すいめんか》で心理的《しんりてき》駆《か》け引《ひ》きを始《はじ》めた。その結果《けっか》、3問目《もんめ》の答《こた》え合《あ》わせの時《とき》も参加者達《さんかしゃたち》の裏切《うらぎ》りがいくつも発覚《はっかく》したのだ。

「ふ、ふざけんな！　オレ達最後《たちさいご》までおんなじ答《こた》えを選《えら》ぼうって言《い》ったじゃん！」

「バーカ！　本当《ほんとう》はおまえのことなんか大嫌《だいきら》いだったたんだよ！」

「あ、おまえまでなんでA《エー》を選《えら》んでんだよっ!?」

「ということは、やっぱりあんた、私《わたし》を裏切《うらぎ》るつもりだったのね!?」

参加者達《さんかしゃたち》の多《おお》くは疑心暗鬼《ぎしんあんき》に取《と》り憑《つ》かれ、友達《ともだち》や仲間《なかま》を信《しん》じられなくなっていった。

メイサさんを裏切《うらぎ》った友達《ともだち》たちも例外《れいがい》じゃない。

気《き》づけば彼女達《かのじょたち》は自《みずか》ら墓穴《ぼけつ》を掘《ほ》り、あっけなくゲームから脱落《だつらく》していった。


その結果《けっか》、5問目《もんめ》が終《お》わった時点《じてん》で参加者《さんかしゃ》の数《かず》は13人《にん》まで減《へ》っていた。ただし私達《わたしたち》のグループは内緒《ないしょ》の答《こた》え合《あ》わせをしているおかげで脱落者《だつらくしゃ》0だ。確実《かくじつ》に6人《にん》の票《ひょう》が入《はい》るので、他《ほか》の参加者《さんかしゃ》より有利《ゆうり》に戦《たたか》える。

『オロロ～、おまえらよくここまで残《のこ》ったロン。もしかしたら次《つぎ》でラスト10人《にん》まで絞《しぼ》れるかニャ～？』

楽《たの》しそうなギロンパのアナウンスとは裏腹《うらはら》に、私《わたし》の気持《きも》ちは暗《くら》く沈《しず》んでいた。

あともう少《すこ》し。あと1問《もん》か2問《もん》かクリアすれば残酷《ざんこく》なゲームを終《お》わらせられる。

そう思《おも》うのに、私達《わたしたち》だけが生《い》き延《の》びてしまった……という罪悪感《ざいあくかん》も同《おな》じくらいあった。

カチコッチで死《し》んでいった参加者《さんかしゃ》に、私《わたし》は心《こころ》の中《なか》でごめんなさいと謝《あやま》った。

『さぁ、囚人番号《しゅうじんばんごう》89番北上美晴《ばんきたかみみはる》。入《はい》るロン！』

ギロンパに名前《なまえ》を呼《よ》ばれ、手《て》に汗握《あせにぎ》りながら指定《してい》の部屋《へや》へと入《はい》る。

6問目《もんめ》はいかにも意地悪《いじわる》なギロンパらしい質問《しつもん》が書《か》かれてあった。

Q《キュー》6　生《い》き残《のこ》るためならギロンパ様《さま》の下僕《げぼく》に　Ⓐなる　Ⓑならない

……何《なに》これ。あまりにもバカバカしい質問《しつもん》に、私《わたし》は思《おも》いきり顔《かお》をしかめた。

こんなの、聞《き》かれるまでもなく答《こた》えは決《き》まってる。

私達《わたしたち》を一方的《いっぽうてき》に犯罪者扱《はんざいしゃあつか》いするギロンパに服従《ふくじゅう》することなんて絶対《ぜったい》できない。

きっと恭哉《きょうや》くんや麻耶《まや》ちゃん達《たち》も同《おな》じ答《こた》えを出《だ》したはず。

私《わたし》は自信《じしん》を持《も》って、スマホを確認《かくにん》しようとした。──けれど。

「えっ!?」

なんとスマホ画面《がめん》には大《おお》きな「ERROR《エラー》」の文字《もじ》が映《うつ》っている。さっきまでは何《なん》の問題《もんだい》もなく恭哉《きょうや》くん達《たち》と連絡《れんらく》が取《と》れたのに……。

(ど、どうして!?　これじゃみんなと答《こた》え合《あ》わせできない！)

私《わたし》は慌《あわ》ててスマホをタップするけど、スマホ画面《がめん》には相変《あいか》わらず「ERROR《エラー》」の文字《もじ》が映《うつ》るのみ。私《わたし》のことをどこからか監視《かんし》していたのか、動《うご》かないはずのスマホからギロンパの笑《わら》い声《ごえ》が聞《き》こえてきた。

『ウキャキャキャ！　ズルはダメだよーん、美晴《みはる》ちゃん。美晴《みはる》ちゃん達《たち》のグループがスマホを使《つか》って答《こた》え合《あ》わせしてるって、ある参加者《さんかしゃ》から密告《みっこく》があったローン♪』

「え⁉」

『あーあ、かわいそうな美晴《みはる》ちゃん。あと少《すこ》しでゲームをクリアできるのに、とうとう仲《なか》間《ま》の中《なか》から裏切《うらぎ》り者《もの》が出《で》ちゃいましたぁ〜。テヘッ☆』

「そ、そんなこと……、そんなことウソッ！」

私《わたし》はスマホから響《ひび》くギロンパの声《こえ》に、ムキになって反論《はんろん》した。

誰《だれ》かが密告《みっこく》した？ ここにきて裏切《うらぎ》った⁉

ううん、そんなはずはないよ。そんなはずは……！

私《わたし》はスマホを強《つよ》く握《にぎ》りしめたまま自分《じぶん》に言《い》い聞《き》かせるけど、全身《ぜんしん》から流《なが》れ出《だ》す冷《ひ》や汗《あせ》は止《と》まらない。

(でももし誰《だれ》かがギロンパに密告《みっこく》したならそれは誰《だれ》？ 恭哉《きょうや》くん？ 麻耶《まや》ちゃん？ それとも疾風《はやて》くんか旋風《つむじ》くん？ まさか潮《うしお》ちゃんってことは……)

今《いま》まで少《すこ》しも考《かんが》えてなかったみんなへの疑《うたが》いが膨《ふく》らんで、あっという間《ま》に私《わたし》の心《こころ》が黒《くろ》く染《そ》まっていった。

先《さき》ほどメイサさんが騙《だま》し、騙《だま》されたように、私《わたし》もみんなに裏切《うらぎ》られるの？

私《わたし》がなんの取《と》り柄《え》もない普通《ふつう》の女《おんな》の子《こ》だから……。一緒《いっしょ》にいてもなんの得《とく》にもならない人間《にんげん》だから、みんなから切《き》り捨《す》てられてしまうのかな？

（ちがう……恭哉《きょうや》くん達《たち》はそんなことしない。だってみんなで生《い》き残《のこ》ろうって、そう約束《やくそく》したもん……！）

私《わたし》は全身《ぜんしん》を震《ふる》わせながら、必死《ひっし》に仲間《なかま》を信《しん》じようとした。

だけど今《いま》はスマホという連絡手段《れんらくしゅだん》を奪《うば》われ、みんなに直接質問《ちょくせつしつもん》することはできない。

6問目《もんめ》をクリアするためにはA《エー》かB《ビー》、一人《ひとり》でどちらかの答《こた》えを選《えら》ぶしかないんだ！

（どうしよう。私《わたし》なら迷《まよ》わずB《ビー》だけど、命《いのち》が助《たす》かるならギロンパに寝返《ねがえ》るって考《かんが》える子《こ》もいるかもしれない……）

私《わたし》は迷《まよ》った。今《いま》までの人生《じんせい》の中《なか》で一番迷《いちばんまよ》った。

この二者択一《にしゃたくいつ》ゲームの難《むずか》しいところは、自分《じぶん》が選《えら》んだ答《こた》えが正《ただ》しいわけでなく、あくまで他《ほか》の参加者《さんかしゃ》の心理《しんり》を読《よ》み取《と》った上《うえ》で、より人数《にんずう》の多《おお》いほうを推理《すいり》しなければいけない……という点《てん》だ。

特《とく》に生《い》き残《のこ》った13人《にん》の参加者《さんかしゃ》は、脱落者《だつらくしゃ》がどんなふうに死《し》んでいったのかを全部見《ぜんぶみ》てる。

自分《じぶん》だけはああなりたくない。どんな手《て》を使《つか》ってでも生《い》き残《のこ》りたい。

そう思《おも》ってしまうのは、人《ひと》としてむしろ当然《とうぜん》かもしれなかった。

（どうしよう、どうしよう、どうしよう!?　一体《いったい》どっちを選《えら》んだらいいの……）

扉《とびら》の前《まえ》で10分《ぷん》以上《いじょう》がたっても、私《わたし》はどちらの答《こた》えも選《えら》べずにいた。いつの間《ま》にか頬《ほお》は涙《なみだ》でびしょびしょに濡《ぬ》れているし、足《あし》にも力《ちから》が入《はい》らない。今《いま》までどれだけ恭哉《きょうや》くんや麻耶《まや》ちゃん達《たち》を頼《たよ》りにしてたのか。一人《ひとり》じゃ何《なに》もできない自《じ》分《ぶん》を、改《あらた》めて思《おも》い知《し》った。

「あれ？　まだ選《えら》んでないの？」

「……っ！」

その時《とき》だった。いきなり背後《はいご》で声《こえ》がしたかと思《おも》うと、私《わたし》以外《いがい》の参加者《さんかしゃ》が部屋《へや》に入《はい》ってきた。囚人番号《しゅうじんばんごう》99番《ばん》。最後《さいご》の参加者《さんかしゃ》である――ライくんだ。

「ライくん！」

「答《こた》え、迷《まよ》ってんの？」

ライくんはツカツカと私《わたし》のそばに近《ちか》づくと、ギロンパの質問《しつもん》に目《め》を通《とお》した。ムッと眉根《まゆね》を寄《よ》せたのは、ギロンパの底意地悪《そこいじわる》い質問《しつもん》に気分《きぶん》が悪《わる》くなったからだろう。

「なんで立《た》ち止《ど》まってんの。仲間《なかま》と答《こた》え合《あ》わせしてたんじゃないの？」

「え？　な、なんでそのこと知《し》ってるの!?」

「だって他《ほか》の参加者《さんかしゃ》も同《おな》じように口裏合《くちうらあ》わせしてたじゃん。バレてないと思《おも》った？」

「お、思《おも》ってました……」

ライくんの鋭《するど》い指摘《してき》に、私《わたし》はシュンとうつむいた。私達《わたしたち》がしていた行為《こうい》は、本当《ほんとう》はルール違反《いはん》だ。逆《ぎゃく》にライくんは自力《じりき》でここまで辿《たど》り着《つ》いた。私《わたし》は急《きゅう》に自分《じぶん》のしたことが恥《は》ずかしくなってしまう。

「実《じつ》はこの部屋《へや》に入《はい》った途端《とたん》、スマホが使《つか》えなくなっちゃって……」

「あ、本当《ほんとう》だ。妨害電波《ぼうがいでんぱ》が出《で》てる」

ライくんは手持《ても》ちのスマホで、素早《すばや》く周《まわ》りの状況《じょうきょう》を調《しら》べてくれた。

「でもギロンパは、参加者同士《さんかしゃどうし》の答《こた》え合《あ》わせなんて最初《さいしょ》から知《し》ってただろ。むしろそれを利用《りよう》して、みんなが仲間割《なかまわ》れするのを楽《たの》しんでた」

「そっか。そうだったんだ……」

「今《いま》ここでスマホを使《つか》えなくしたのも計算《けいさん》の上《うえ》。つまりただの嫌《いや》がらせだよ」

嫌《いや》がらせ――。

ライくんに言《い》われて、私《わたし》はなるほど、と思《おも》った。

ギロンパはありとあらゆる手段《しゅだん》を使《つか》って、参加者達《さんかしゃたち》を困《こま》らせようとしている。

よくよく考《かんが》えれば、牢獄内《ろうごくない》で普通《ふつう》にスマホが使《つか》えたこと自体《じたい》が都合《つごう》よすぎじゃない？

そう考《かんが》えるとギロンパが言《い》ってた密告者《みっこくしゃ》だって、本当《ほんとう》にいるのかどうかはわからない。

（そうだ。私《わたし》を不安《ふあん》がらせるために、きっとギロンパがウソをついたんだよ……）

ライくんのおかげで、私《わたし》はようやく冷静《れいせい》さを取《と》り戻《もど》せた。さっきまで頭《あたま》の中《なか》で渦巻《うずま》いていた黒《くろ》いモヤモヤも、すっきりと晴《は》れていくみたい。

「やっぱなんかいろいろおかしなことが多《おお》すぎるんだよな……」

「え？」

「ギロンパのしてることに、矛盾《むじゅん》を感《かん》じるというか。今《いま》オレ達二人《たちふたり》がここに揃《そろ》ってることだって、ルール上《じょう》はあり得《え》ないはずだし……」

「……」

ライくんは難《むずか》しい顔《かお》をしながら、独《ひと》り言《ごと》をつぶやいてる。

「……。ま、いいや。今《いま》はともかくA《エー》かB《ビー》、どっちかに進《すす》まなきゃな」

「う、うん……」

私達《わたしたち》は二《ふた》つの扉《とびら》を交互《こうご》に見《み》て、どちらに進《すす》むべきか話《はな》し合《あ》った。

ここは運命《うんめい》の分《わ》かれ道《みち》。進《すす》む先《さき》にあるのは生《せい》か。それとも死《し》か……。

「で、どっちに行《い》く？」

「私《わたし》なら、迷《まよ》わずB《ビー》……だけど……」

私《わたし》が遠慮《えんりょ》がちに答《こた》えると、ライくんはいきなり私《わたし》の手《て》を強《つよ》く引《ひ》っ張《ぱ》り——

「よし、じゃB《ビー》に進《すす》もう」

「え、ちょっ、ライくん⁉」

あまりにも素早《すばや》い決断《けつだん》に、私《わたし》はびっくりしてしまう。

「待《ま》って！　そんなに簡単《かんたん》に決《き》めちゃっていいの？　もしB《ビー》が少数派《しょうすうは》だったら、私《わたし》たち死《し》んじゃうんだよ⁉」

「けどいつまでここにいても仕方《しかた》ないし」

「それはそうだけど……。どうしてライくんはいつもそんなふうに……」

一人《ひとり》で平気《へいき》そうな顔《かお》をしているの？　と問《と》いかけようとして……ふと気《き》づいた。

私《わたし》を強《つよ》く引《ひ》っ張《ぱ》るライくんの手《て》が、微《かす》かに震《ふる》えていることに。

「ラ、ライくん……」

「………」

ライくんはB《ビー》の扉《とびら》の前《まえ》で立《た》ち止《ど》まり、自分《じぶん》の前髪《まえがみ》をくしゃくしゃと掻《か》き乱《みだ》した。

本当《ほんとう》はライくんだって怖《こわ》い。——死《し》ぬのは怖《こわ》いのだ。

クールな表情《ひょうじょう》のせいで誤解《ごかい》されがちだけど、ライくんだって普通《ふつう》の男《おとこ》の子《こ》。自分《じぶん》の命《いのち》が危険《きけん》にさらされて、恐怖《きょうふ》を感《かん》じないはずがない。

だけどその恐怖《きょうふ》と戦《たたか》いながら、ライくんはここまで自分《じぶん》の決断《けつだん》を信《しん》じて進《すす》んできた。

今《いま》さらながら私《わたし》はそんな当《あ》たり前《まえ》の事実《じじつ》に気《き》づく。

「一人《ひとり》より二人《ふたり》、同《おな》じ扉《とびら》に進《すす》んだほうが生《い》き残《のこ》れる可能性《かのうせい》、高《たか》いだろ」

「ライ、くん……」

「だからこれはおまえのためじゃなくオレのため。それにギロンパの下僕《げぼく》なんて、死《し》んでもゴメンだしな」

「……。……うん、私《わたし》も」

ライくんからありったけの勇気《ゆうき》をもらった私《わたし》は、ようやく覚悟《かくご》を決《き》めた。

ギロンパの脅《おど》しになんか屈《くっ》しない！　負《ま》けたりしない！

きっと他《ほか》のみんなも勇気《ゆうき》を出《だ》したはずだと信《しん》じて、私達《わたしたち》はB《ビー》の扉《とびら》を同時《どうじ》にくぐる！

そして、その結果《けっか》――


「あ、美晴《みはる》ちゃん！　よかった、美晴《みはる》ちゃんがやっと来《き》たよ！」

「え？　マジ？」

「遅《おそ》かったから心配《しんぱい》したよ！　スマホも急《きゅう》に通《つう》じなくなったからハラハラしてたんだ」

「！」

B《ビー》の部屋《へや》に入《はい》るなり、先《さき》に進《すす》んでいた恭哉《きょうや》くんや麻耶《まや》ちゃんが私達《わたしたち》をあたたかく出迎《でむか》えてくれた。やっぱりみんなもギロンパに抵抗《ていこう》するB《ビー》の答《こた》えを選《えら》んでた！

「みんな、心配《しんぱい》かけてごめんね。でもみんなこっちにいるって信《しん》じてたよ！」

「あったりまえじゃない！　美晴《みはる》ちゃんも無事《ぶじ》でよかった」

「つか、何《なに》？　なんでおまえら二人《ふたり》、仲良《なかよ》く手《て》ぇ繋《つな》いでんの？」

「！」

旋風《つむじ》くんにニマニマと指摘《してき》されて、私《わたし》は思《おも》わず真《ま》っ赤《か》になった。ライくんもプイッと横《よこ》を向《む》いて、さっさと私《わたし》の手《て》を放《はな》してしまう。

「あ、あのね、私《わたし》が立《た》ち往生《おうじょう》しているところをライくんが助《たす》けてくれて……」

「そうなんですか。ライくんって本当《ほんとう》は優《やさ》しいんですね。潮《うしお》、感激《かんげき》ですぅ」

「……別《べつ》にそーゆー訳《わけ》じゃ」

よほどみんなにからかわれるのが恥《は》ずかしいのか、ライくんはそそくさとみんなの輪《わ》から外《はず》れてしまう。

だけど私《わたし》の心《こころ》はほんわりとあたたかくなった。そっけない態度《たいど》とは裏腹《うらはら》に、ライくんは他人《たにん》を思《おも》いやれる優《やさ》しい人《ひと》だとわかったから。

「ふーん……」

だけど私達《わたしたち》の様子《ようす》を見《み》て、恭哉《きょうや》くんは急《きゅう》に不機嫌《ふきげん》になった。さらに私《わたし》の隣《となり》に立《た》ったかと思《おも》ったら、

「あ～あ、美晴《みはる》ちゃんを助《たす》けるナイト役《やく》はボクでありたかったのにな……」

「ひゃっ！　きょ、恭哉《きょうや》くん？」

……と私《わたし》の耳元《みみもと》で意味《いみ》ありげに囁《ささや》いたのだ。

「ごめん、ちょっとしたジェラシー。忘《わす》れて」

「……………」

恭哉《きょうや》くんはすぐにいつもの王子《おうじ》スマイルに戻《もど》り、私《わたし》の傍《そば》から離《はな》れていく。

まさか恭哉《きょうや》くんにあんな思《おも》わせぶりなことを言《い》われるなんて思《おも》ってなくて、私《わたし》はカーッと赤《あか》くなってしまう。

あわわわっ、だめ、だめだよ美晴《みはる》、勘違《かんちが》いしちゃ！　恭哉《きょうや》くんはあくまで仲間《なかま》として、私《わたし》のことを気《き》にかけてくれてるにすぎないんだから……。

『あ～あ、こんなベタな学園《がくえん》ドラマみたいな展開《てんかい》、ギロンパ超《ちょう》がっかりだロン……』

「！」

一方《いっぽう》、ギロンパは私達《わたしたち》が無事《ぶじ》に合流《ごうりゅう》したのが気《き》に入《い》らないらしく、ぐちぐちと文句《もんく》を言《い》

ってる。それからすぐに6問目《もんめ》の結果《けっか》が発表《はっぴょう》され、カーテンが開《あ》けられた。

『じゃあギロンパの下僕《げぼく》になった3人《にん》は、忠誠《ちゅうせい》を誓《ちか》う証《あかし》としてここで死《し》んでもらうロン！

カチコッチ、スイッチオーン!!』

「そんな、ギロンパ様《さま》！　ギロンパ様《さま》のためなら何《なん》でもしますから!!」

「助《たす》けてくれるって約束《やくそく》したじゃないですか！　なのにこんなの……こんなの……うわぁ
ああ――っ!!」

「！」

13人《にん》のうち『ギロンパの下僕《げぼく》になる』という答《こた》えを選《えら》んだ3人《にん》は、あっさりギロンパに
裏切《うらぎ》られ、カチコッチの新《あら》たな犠牲者《ぎせいしゃ》となった。

こうしてギロンパ考案《こうあん》の二者択一《にしゃたくいつ》ゲーム『ザ・運命《うんめい》の分《わ》かれ道《みち》！』は約束通《やくそくどお》り10人《にん》まで
絞《しぼ》られ、終了《しゅうりょう》した。

◇◆◇◇◆◇

「はぁ……、なんとか今日《きょう》も一日生《いちにちい》き延《の》びた……」

「でもたくさんの人《ひと》が死《し》んじゃいました……ね」

北棟《きたとう》の出口《でぐち》に向《む》かいながら、生存者《せいぞんしゃ》10人《にん》は鉛《なまり》のように重《おも》い足《あし》を引《ひ》きずっていた。

ゲームをクリアしたと言《い》っても、それは40人《にん》というたくさんの犠牲《ぎせい》があったからこそ。自分《じぶん》たちだけが生《い》き残《のこ》れた！　と素直《すなお》に喜《よろこ》ぶこともできない。

しかもこの牢獄内《ろうごくない》で他《ほか》に行《い》く場所《ばしょ》などないから、私達《わたしたち》はギロンパに命《めい》じられるまま黙々《もくもく》と前《まえ》に進《すす》むしかなかった。

その先《さき》に新《あら》たな試練《しれん》が待《ま》っているなんて……思《おも》いもせずに。

「お、おい、なんだあれっ⁉」

「何《なに》？　またなんか現《あらわ》れたの⁉」

「っ⁉」

狭《せま》い廊下《ろうか》を抜《ぬ》け出口《でぐち》の扉《とびら》を開《あ》けると、いきなり広《ひろ》い空間《くうかん》に出《で》た。

天井《てんじょう》には金色《きんいろ》の薬玉《くすだま》。場違《ばちが》いなほど明《あか》るく鳴《な》るファンファーレ。

中央《ちゅうおう》にはド派手《はで》なステージが用意《ようい》され、王様気取《おうさまきど》りのギロンパがスキップしてる。

「ハーロゥ、皆《みな》の衆《しゅう》♪　よくぞ運命《うんめい》の二択《にたく》を生《い》き残《のこ》った。続《つづ》くは第《だい》2弾《だん》！　**【運命《うんめい》の大抽《だいちゅう》選会《せんかい》】**の始《はじ》まり始《はじ》まり〜〜〜！　ウキャキャキャキャキャー――ッ！」

「‼」

運命《うんめい》の大抽選会《だいちゅうせんかい》――⁉

ギロンパの口《くち》から飛《と》び出《だ》したトンデモ発言《はつげん》に、私達《わたしたち》の体《からだ》はまた大《おお》きく震《ふる》えだした。

つまりそれはまだゲームが終《お》わっていないということ……。

希望《きぼう》が絶望《ぜつぼう》に変《か》わり、私《わたし》はへなへなと座《すわ》り込《こ》む。

いつもは無表情《むひょうじょう》に近《ちか》いライくんでさえ、顔《かお》の筋肉《きんにく》を引《ひ》きつらせてた。

「ふ、ふざけんな、ギロンパ！　今日《きょう》のゲームはもう終《お》わりだろ!?」

「ムッ、勝手《かって》に決《き》めるなロン！　いつギロンパがゲームの終《お》わりを宣言《せんげん》したロン？」

「そ、それは……」

「はい、ということで、ちゅうもぉおおおく！　2日目《かめ》はこのギロンパ特注《とくちゅう》のガラポンをクリアしない限《かぎ》り終《お》わらないいんだロン！」

——デデンッ！

そう言《い》いながらギロンパが取《と》り出《だ》したのは、商店街《しょうてんがい》の福引《ふくび》きなどでガラガラと回《まわ》すあの抽選機《ちゅうせんき》。

「じょ、冗談《じょうだん》じゃないわ！　ギロンパ、あんたあたし達《たち》の命《いのち》まで抽選《ちゅうせん》するって言《い》うの!?」

「勘弁《かんべん》してくれよ。オレ、くじ運《うん》だけは最悪《さいあく》なんだよ……」

麻耶《まや》ちゃんや他《ほか》の参加者達《さんかしゃたち》が、血相《けっそう》を変《か》えて抗議《こうぎ》するのも当然《とうぜん》だった。かくれんぼや二《に》者択一《しゃたくいつ》のように自分《じぶん》の判断《はんだん》で勝負《しょうぶ》できるゲームならまだしも、運《うん》なんて不確《ふたし》かなものに自《じ》分《ぶん》の全《すべ》てを賭《か》けなければならないんだから。

でもギロンパは私達《わたしたち》の意見《いけん》など聞《き》く気《き》はなく、自分《じぶん》の計画通《けいかくどお》りに話《はなし》を進《すす》めていってしまう。

「ウププ、悲観《ひかん》することはないロン。優《やさ》しいギロンパ様《さま》はちゃんとアタリの玉《たま》を10個《こ》、ハズレの玉《たま》を10個《こ》、約半分《やくはんぶん》の確率《かくりつ》で引《ひ》けるようにガラポンの中《なか》に入《い》れておいたロン♪」

「は、半分《はんぶん》……」

「奇跡的《きせきてき》に運《うん》がよければ、ここにいる10人全員《にんぜんいん》生《い》き残《のこ》れるロン。ただし運《うん》が悪《わる》いと……」

「運《うん》が悪《わる》いと……？」

「3日目《かめ》を待《ま》たずして、おまえらはここで全滅《ぜんめつ》だぁぁあっ！　ドォォーーン‼」

「きゃあぁぁーーっ！」

ギロンパは両手《りょうて》を振《ふ》り上《あ》げて、潮《うしお》ちゃんに襲《おそ》いかかるようなジェスチャーをした。

『全滅《ぜんめつ》』の2文字《もじ》に、みんなの顔面《がんめん》が蒼白《そうはく》になる。

「じゃあ早速抽選会《さっそくちゅうせんかい》を始《はじ》めるロン！　ガラポンを最初《さいしょ》に回《まわ》すのは誰《だれ》かニャ？　勇気《ゆうき》あるチャレンジャー求《もと》む！」

「………っ！」

ギロンパは、「さぁ、誰《だれ》？　誰《だれ》から行《い》く？」と楽《たの》しそうにくるくると回《まわ》った。

でも私達《わたしたち》はギロンパから目《め》を逸《そ》らし、ステージ下《した》で固《かた》まることしかできない。

ああ、悔《くや》しい。すっごく悔《くや》しいよ。

もう一体何度目《いったいなんどめ》だろ。こんな風《ふう》にギロンパを憎《にく》らしいと思《おも》ったのは。

いくら未来《みらい》の犯罪者《はんざいしゃ》だからと言《い》って、私達《わたしたち》はここまでされても文句《もんく》が言《い》えないほどの大《たい》罪人《ざいにん》なの？　未来《みらい》の罪《つみ》はどんなことをしても許《ゆる》されないのかな……。

「よし、ボクから行《い》きます！」

「！」

誰《だれ》もが恐怖《きょうふ》で立《た》ちすくむ中《なか》、ガラポン1番手《ばんて》に名乗《なの》り出《で》たのは……他《ほか》でもない恭哉《きょうや》くんだ！　恭哉《きょうや》くんのこめかみにはうっすらと汗《あせ》が滲《にじ》み、よく見《み》れば足元《あしもと》もわずかに震《ふる》えている。それでも多分《たぶん》、みんなのために勇気《ゆうき》を出《だ》して……。

「きょ、恭哉《きょうや》くん……」

「大丈夫《だいじょうぶ》。最終的《さいしゅうてき》には全員《ぜんいん》ガラポンを回《まわ》さなきゃならないんだ。だったらボクが先陣《せんじん》を切《き》らせてもらうよ」

「さ、さすが王子《おうじ》キャラ……」

「カッコいいぜ、恭哉《きょうや》……！」

恭哉《きょうや》くんは笑顔《えがお》でサムズアップすると、ステージに上《のぼ》ってガラポンのハンドルに手《て》をかけた。ドルルルッとドラムロールが鳴《な》り始《はじ》めて、頭上《ずじょう》にスポットライトが当《あ》たる。

「さぁ、一気《いっき》に回《まわ》すロン。金色《きんいろ》の玉《たま》がアタリで黒《くろ》の玉《たま》がハズレだロン♪」。

「………、行《い》きます！」


――ガラガラガラ――……ガラガラガラ――！


恭哉《きょうや》くんが勢《いきお》いよくガラポンを回《まわ》すと、ジャーン！　というシンバルの音《おと》と共《とも》に出口《でぐち》から玉《たま》が飛《と》び出《だ》した。

抽選《ちゅうせん》の結果《けっか》は――金色《きんいろ》の玉《たま》！　恭哉《きょうや》くんは確率《かくりつ》50パーセントの勝負《しょうぶ》に見事《みごと》に勝《か》った！

「よし、やったぞ！」

「さすが恭哉《きょうや》くん！」

恭哉《きょうや》くんがガラポンをクリアしたことで、私達《わたしたち》のテンションは一気《いっき》に上《あ》がった。

恭哉《きょうや》くんに続《つづ》けと次《つぎ》にステージに上《あ》がったのは……疾風《はやて》くんだ。

「よーし、オレもさっさとクリアしちまうぜ！」

疾風《はやて》くんは鼻息《はないき》を荒《あら》くしながら、目《め》の前《まえ》のガラポンを勢《いきお》いよく回《まわ》した。

だけど疾風《はやて》くんが引《ひ》いた玉《たま》は――黒《くろ》。ハズレを引《ひ》いてしまったのだ。

「う、うわぁぁぁ――っ!!」

「は、疾風《はやて》っ！」

「あ〜あ、やっちまったロン。囚人番号《しゅうじんばんごう》31番《ばん》・小林疾風《こばやしはやて》、おまえはここで脱落《だつらく》だロン」

疾風《はやて》くんが黒《くろ》の玉《たま》を引《ひ》いたと同時《どうじ》にチャラリーンというバッハの『トッカータとフーガ・ニ短調《たんちょう》』の悲劇《ひげき》のメロディが流《なが》れた。

疾風《はやて》くんは自分《じぶん》がハズレを引《ひ》いたということが信《しん》じられず、腰《こし》を抜《ぬ》かして泣《な》き叫《さけ》ぶ。

「う、嘘《うそ》だ、嘘《うそ》だ！　オレ、こんなとこで死《し》にたくないっ！　つ、旋風《つむじ》ぃ！」

「疾風《はやて》ぇえっ！」

「ゴルァッ！　脱落者《だつらくしゃ》に手《て》を出《だ》すんじゃないロン!!」

疾風《はやて》くんを助《たす》けようと旋風《つむじ》くんもステージに駆《か》け上《あ》がるけど、突然《とつぜん》ガシャーンッとステージ天井《てんじょう》から小《ちい》さな檻《おり》が落《お》ちてきて、疾風《はやて》くんを閉《と》じ込《こ》めてしまう。

疾風《はやて》くんは鉄格子《てつごうし》にしがみつき、弟《おとうと》の旋風《つむじ》くんに向《む》かって手《て》を伸《の》ばした。

「旋風《つむじ》、オレ死《し》にたくない！　死《し》にたくないぃぃ――っっ！」

「疾風《はやて》……疾風《はやて》……っ。ギロンパ、やめろ！　やめてくれぇぇ――っ!!」

「アーアー、聞《き》こえない。ギロンパ、何《なに》も聞《き》こえないロ〜ン」

ギロンパは耳《みみ》を両手《りょうて》でふさいだかと思《おも》うと、疾風《はやて》くんのカチコッチのスイッチをポチッと入《い》れてしまった。

刹那《せつな》、目《め》に刺《さ》さるような強《つよ》い光《ひかり》を放《はな》って疾風《はやて》くんの首輪《くびわ》は一気《いっき》に爆発《ばくはつ》し——疾風《はやて》くんは旋風《つむじ》くんに手《て》を伸《の》ばした格好《かっこう》のまま、わずか数秒《すうびょう》でカチコチに固《かた》まってしまった。

「は、疾風《はやて》ええ——っ！」

「こ、こんなこと………って……」

「……っ…」

私達《わたしたち》はただ見《み》ているだけで何《なに》も——本当《ほんとう》に何《なに》もできなかった。

麻耶《まや》ちゃんは呆然《ぼうぜん》と立《た》ち尽《つ》くし、潮《うしお》ちゃんは顔《かお》を伏《ふ》せて泣《な》きじゃくってる。

せっかく今《いま》までみんなで力《ちから》を合《あ》わせて生《い》き残《のこ》ってきたのに……。

とうとう私達《わたしたち》のグループからも最初《さいしょ》の犠牲者《ぎせいしゃ》が出《で》てしまった……。

「は、疾風《はやて》……、どう、して……。なんでオレより、先《さき》、に……」

特《とく》に旋風《つむじ》くんのショックは計《はか》り知《し》れなくて、もう動《うご》かない疾風《はやて》くんに向《む》かって手《て》を伸《の》ばす。だがその右手《みぎて》を取《と》って無理《むり》やりガラポンを回《まわ》させたのはギロンパだ。

「ほら、おまえもさっさと回《まわ》すロン！　後《あと》がつかえているロンからな！」

「………」

魂《たましい》が抜《ぬ》け殻状態《がらじょうたい》になった旋風《つむじ》くんは、ギロンパに言《い》われるがままにガラポンを回《まわ》す。

旋風《つむじ》くんの抽選結果《ちゅうせんけっか》は——金《きん》。

旋風《つむじ》くんはガラポンをあっさりとクリアしてしまった。

「ちっ、つまらないロン。さ、次《つぎ》は誰《だれ》がガラポンを回《まわ》すロン？」

「……」

「……」

「……オレが行《い》く」

みんなが４番手《ばんて》を遠慮《えんりょ》する中《なか》、立候補《りっこうほ》したのは……ライくんだった。

全員《ぜんいん》が静《しず》かに見守《みまも》る中《なか》、私《わたし》は胸《むね》の前《まえ》で両手《りょうて》を組《く》んでライくんの無事《ぶじ》を祈《いの》る。

どうかライくんが金《きん》を引《ひ》きますように……！


──ガラガラガラ──……ガラガラガラ──！


祈《いの》りが天《てん》に通《つう》じたのか、ライくんのガラポンの結果《けっか》は──金《きん》。

私《わたし》はホッと胸《むね》を撫《な》で下《お》ろし、心《こころ》から神様《かみさま》に感謝《かんしゃ》する。

「さ、さっさと次行《つぎい》くロン！　悪《わる》あがきしても結果《けっか》は同《おな》じなんだロン！」

それから後《あと》は囚人番号順《しゅうじんばんごうじゅん》に、ガラポンを回《まわ》していくことになった。

ガラポンの結果《けっか》は、黒《くろ》、黒《くろ》、金《きん》、黒《くろ》。私達《わたしたち》のグループ以外《いがい》に生《い》き残《のこ》っていた参加者《さんかしゃ》３人《にん》は全員《ぜんいん》ハズレを引《ひ》いてしまい、カチコッチの犠牲《ぎせい》になった。その中《なか》で唯一金《ゆいいつきん》を引《ひ》いて生《い》き残《のこ》ったのは――潮《うしお》ちゃんだ。

「よし、頑張《がんば》ったわね、潮《うしお》！　あたしもすぐそっちに行《い》くから！」

「ま、麻耶《まや》ちゃーん！」

残《のこ》るは麻耶《まや》ちゃんと私《わたし》のみになった。麻耶《まや》ちゃんは気合《きあい》を入《い》れるためフンッと腕《うで》まくりし、勢《いきお》いよくガラポンのハンドルを回《まわ》す。

この時《とき》、私《わたし》は何《なん》の疑《うたが》いもなく麻耶《まや》ちゃんが金《きん》の玉《たま》を引《ひ》くと思《おも》ってた。

だって私《わたし》みたいな普通《ふつう》の女《おんな》の子《こ》より、みんなを元気《げんき》よく引《ひ》っ張《ぱ》っていく麻耶《まや》ちゃんこそ必要《ひつよう》だと思《おも》ったから。

だけど――

――カラン……

ガラポンから飛《と》び出《だ》した玉《たま》の色《いろ》は……黒《くろ》。

疾風《はやて》くんに続《つづ》いて、麻耶《まや》ちゃんまでハズレを引《ひ》いてしまった。

「ウ、ウソ……」

「はい、黒出《くろで》ましたーー！　木本麻耶《きもとまや》ちゃんもここで脱落《だつらく》だローン☆」

「いや……ウソだよ、こんなの……。いや……いやぁぁーーっ！」

「ま、麻耶《まや》ちゃんっ！」

私《わたし》や潮《うしお》ちゃんは慌《あわ》てて麻耶《まや》ちゃんのそばに駆《か》け寄《よ》ろうとするけど、再《ふた》び天井《てんじょう》から檻《おり》が落《お》ちてくる。

「やだ、やだやだやだ、麻耶《まや》ちゃぁぁんっ!!」

「う、潮《うしお》……！」

旋風《つむじ》くんと疾風《はやて》くんがそうだったように、麻耶《まや》ちゃんと潮《うしお》ちゃんも鉄《てつ》の檻《おり》によって引《ひ》き裂《さ》かれた。

どんな時《とき》も潮《うしお》ちゃんを守《まも》ろうとしていた麻耶《まや》ちゃんと、麻耶《まや》ちゃんを心《こころ》から慕《した》っていた潮《うしお》ちゃん。昨日《きのう》出会《であ》ったばかりの私《わたし》なんかじゃ入《はい》り込《こ》めないほど、二人《ふたり》の間《あいだ》には強《つよ》い絆《きずな》がある。だけどギロンパはその絆《きずな》さえも、あっさり断《た》ち切《き》ろうとしているのだ。

「やだやだやだ、麻耶《まや》ちゃんがいなくなったら、潮《うしお》……潮《うしお》、どうしたら……！」

「あ、あたしだって、死《し》にたくないよぉ！」

死《し》を目前《もくぜん》にした麻耶《まや》ちゃんは、恐《おそ》ろしさのあまり歯《は》をガチガチと鳴《な》らした。

二人《ふたり》を見《み》つめることしかできない私《わたし》も、グラグラと目《め》まいを起《お》こす。

どうしてこんなことになっちゃうの？　どうして？　どうして？　どうして……!?

私《わたし》はどうにか麻耶《まや》ちゃんを助《たす》けられないかと必死《ひっし》に考《かんが》えるけど、ギロンパはほんの少《すこ》しの猶予《ゆうよ》も与《あた》えてはくれなかった。

「では麻耶《まや》ちゃん。バイバーイ。地獄《じごく》でお友達《ともだち》が待《ま》ってるから寂《さび》しくないロン♪」

「いや……いやぁあ――っ、パパ…、ママ、助《たす》けてぇえ――！」

「麻耶《まや》ちゃ……、麻耶《まや》ちゃぁぁぁあんっ!!」

「ギロンパ、やめてぇえ――っ！」

私《わたし》はスイッチを奪《うば》おうとギロンパに飛《と》びかかろうとした。

だけどタッチの差《さ》でカチコッチのスイッチが入《はい》ってしまう。

「あ……あぁぁぁ――……っ」

「ま、麻耶《まや》ちゃ……っ、………！」

大《おお》きく見開《みひら》いた私《わたし》の瞳《ひとみ》に、少《すこ》しずつ……だけど確実《かくじつ》に動《うご》かなくなっていく麻耶《まや》ちゃんの姿《すがた》が映《うつ》った。小麦色《こむぎいろ》の肌《はだ》は一瞬《いっしゅん》で血《ち》の気《け》が引《ひ》き、命《いのち》の灯《ひ》があっけなく消《き》えていってしまう。

「……」

「……」

「ま、麻耶《まや》ちゃ…」

こうして私達《わたしたち》はろくな抵抗《ていこう》もできないまま……大事《だいじ》な友達《ともだち》をギロンパに奪《うば》われた。木本麻耶《きもとまや》ちゃんという、もしかして親友《しんゆう》になれたかもしれなかった女《おんな》の子《こ》を助《たす》けてあげられなかったのだ。

「……ごめん、麻耶《まや》ちゃん。私《わたし》…私《わたし》……」

「美晴《みはる》ちゃん、しっかりして！」

足《あし》の力《ちから》が抜《ぬ》けて立《た》てなくなった私《わたし》に、恭哉《きょうや》くんが慌《あわ》てて手《て》を差《さ》し出《だ》してくれた。

だけど今《いま》の私《わたし》にはそのあたたかな手《て》を握《にぎ》り返《かえ》す気力《きりょく》さえ……ない。

「次《つぎ》、囚人番号《しゅうじんばんごう》89番《ばん》北上美晴《きたかみみはる》！　おまえが最後《さいご》だロン！　さっさとガラポンを回《まわ》すロン！」

「……」

そして私《わたし》に、ガラポンを回《まわ》す順番《じゅんばん》が回《まわ》ってきた。だけど私《わたし》はこれが本当《ほんとう》に現実《げんじつ》なのかわからなくなって、ふわふわとした気持《きも》ちでガラポンに近《ちか》づく。

お願《ねが》い、これが夢《ゆめ》なら早《はや》く醒《さ》めて……。今《いま》すぐ醒《さ》めて！

そう願《ねが》いながら、私《わたし》はガラポンのハンドルに手《て》をかける。

――カラン……カラカラカラー……

乾《かわ》いた音《おと》と共《とも》に出口《でぐち》から飛《と》び出《だ》した玉《たま》は――キラキラと光《ひか》る金《きん》。

2分《ぶん》の1の賭《か》けに勝《か》って、私《わたし》は抽選会《ちゅうせんかい》をクリアすることができた。

「ふん、やっぱり美晴《みはる》ちゃんはしぶといロンねー。……ってか、金《きん》が出《で》たんだから少《すこ》しは喜《よろこ》んだらどうだロン！」

自分《じぶん》が生《い》き延《の》びたとわかっても、喜《よろこ》べるはずがなかった。

それは双子《ふたご》のお兄《にい》さんを失《うしな》った旋風《つむじ》くんも同《おな》じ。親友《しんゆう》を失《うしな》った潮《うしお》ちゃんも同《おな》じ。

大事《だいじ》な人《ひと》を失《うしな》った悲《かな》しみと衝撃《しょうげき》からすぐに立《た》ち直《なお》れるはずもなく、ステージ上《じょう》には重《おも》く苦《くる》しい沈黙《ちんもく》が続《つづ》く。

「あー、もう！　ギロンパ、湿《しめ》っぽいのは嫌《きら》いだロン！　おまえらちょっとノリが悪《わる》すぎるロン！　今日《きょう》はこれで解散《かいさん》！　かいさぁぁぁ――ん!!」

そう言《い》い放《はな》つと、ギロンパはぷりぷり怒《おこ》りながら北棟《きたとう》を後《あと》にした。ギロンパが去《さ》ると同時《どうじ》に檻《おり》につけられた鎖《くさり》がキリキリと動《うご》き出《だ》し、彫像《ちょうぞう》のように固《かた》まってしまった疾風《はやて》くんや麻耶《まや》ちゃんをどこかへと運《はこ》んでいってしまう。

「疾風《はやて》……疾風《はやて》ぇぇ――！」

「麻耶《まや》ちゃん、行《い》かないで、麻耶《まや》ちゃぁぁぁ――んっ！」

旋風《つむじ》くんと潮《うしお》ちゃんはまだ諦《あきら》めきれずに後《あと》を追《お》おうとするけど、脱落者《だつらくしゃ》を閉《と》じ込《こ》めた檻《おり》はあっという間《ま》に見《み》えなくなる。

こうしてギルティゲーム2日目《かめ》は、今度《こんど》こそ本当《ほんとう》に……終了《しゅうりょう》した。

100人《にん》いた参加者《さんかしゃ》は5人《にん》まで減《へ》って、生《い》き残《のこ》った私達《わたしたち》も深《ふか》く絶望《ぜつぼう》することになった。

◇◆◇◇◆◇

厚《あつ》い雲《くも》がかかっているせいで、夜空《よぞら》はまるで地獄《じごく》の底《そこ》のような暗《くら》さだった。

ここは2階《かい》の食堂《しょくどう》。2日目《かめ》のゲームをクリアした私《わたし》、ライくん、恭哉《きょうや》くん、潮《うしお》ちゃん、旋風《つむじ》くんの5人《にん》は、薄暗《うすぐら》い部屋《へや》の中《なか》で、それぞれバラバラの席《せき》に座《すわ》っている。

みんな動《うご》く気力《きりょく》さえなくて、悲《かな》しいすすり泣《な》きの声《こえ》だけが延々《えんえん》と響《ひび》いた。

「うう、麻耶《まや》ちゃん……麻耶《まや》ちゃぁん……」

「なんで、疾風《はやて》……おまえ……。疾風《はやて》ぇ……」

「………」

大切《たいせつ》な人《ひと》を失《うしな》って泣《な》き続《つづ》ける潮《うしお》ちゃんと旋風《つむじ》くんを、なんとか励《はげ》まさなきゃと思《おも》った。

だけど私《わたし》の体《からだ》も動《うご》かない。頭《あたま》の中《なか》もぼんやりして、うまく思考《しこう》が働《はたら》かない。

ギルティゲームが始《はじ》まってたった2日《か》。その2日《か》で、一生分以上《いっしょうぶんいじょう》の恐怖《きょうふ》を味《あじ》わったのだ。

どんなに泣《な》き叫《さけ》んでも誰《だれ》も助《たす》けに来《き》てくれない。

為《な》す術《すべ》もなく大事《だいじ》な友達《ともだち》が、次々《つぎつぎ》と死《し》んでいく。

こんな異常《いじょう》な状況《じょうきょう》で正気《しょうき》を保《たも》つのは、そろそろ限界《げんかい》に来《き》ていた。


――カチャン……。


「！」

不意《ふい》に音《おと》がして視線《しせん》を上《あ》げれば、ライくんがお皿《さら》を持《も》って近《ちか》づいてきた。それは今朝《けさ》、作《つく》り置《お》きしていたおにぎり。ライくんはそれを私《わたし》の前《まえ》に差《さ》し出《だ》す。

「夕飯《ゆうはん》、食《た》べたほうがいいんだろ？」

「え？」

「ギロンパに負《ま》けたくなかったら、今《いま》はなるべく体力《たいりょく》つけとかなきゃならないんだろ？」

「………」

それは昨日《きのう》の夜《よる》、私《わたし》がみんなに向《む》かって言《い》ったセリフだ。だけど昨日《きのう》と今日《きょう》とじゃあまりにも状況《じょうきょう》が違《ちが》う。ライくんの言《い》いたいことはわかるけど、今《いま》の私《わたし》は食事《しょくじ》なんてできる気《き》分《ぶん》じゃない。

(今朝《けさ》はみんなで一緒《いっしょ》にこのおにぎりを食《た》べたのに……。麻耶《まや》ちゃんだってあんな元気《げんき》に笑《わら》ってたのに……）

私《わたし》は麻耶《まや》ちゃんの笑顔《えがお》を思《おも》い出《だ》しながら、溢《あふ》れてくる涙《なみだ》を手《て》の甲《こう》でぬぐった。

ほんの半日前《はんにちまえ》の出来事《できごと》なのに、もうずいぶん昔《むかし》のことのような気《き》がする。

だけど麻耶《まや》ちゃんも疾風《はやて》くんも、もうこの世《よ》にはいない。

そう思《おも》うと、私《わたし》の胸《むね》はまたぎゅうっと強《つよ》く締《し》め付《つ》けられた。

「ほら、おまえらも食《く》えよ」

「！」

ライくんは潮《うしお》ちゃんや旋風《つむじ》くんにもおにぎりを差《さ》し出《だ》した。潮《うしお》ちゃんは一瞬《いっしゅん》涙《なみだ》を止《と》めて目《め》を見張《みは》り、旋風《つむじ》くんは感情的《かんじょうてき》になって声《こえ》を荒《あら》らげる。

「いらねぇよ！　オレのことは放《ほう》っておけよ！」

「……」

「疾風《はやて》が死《し》んだのに、なんでオレだけ飯《めし》が食《く》えるんだよ。おまえなんかにオレの気持《きも》ちはわからねー！」

「………」

双子《ふたご》のお兄《にい》さんを失《うしな》った旋風《つむじ》くんに、私《わたし》も恭哉《きょうや》くんも言葉《ことば》をかけられなかった。でもライくんは旋風《つむじ》くんの体《からだ》を押《お》さえつけると、口《くち》の中《なか》におにぎりを押《お》し込《こ》んだのだ。

「いてぇ！　ライ、てめぇ、何《なに》すんだ。んがっ、んぐぐ！」

「いいから食《く》え！　食《く》わないとおまえ、明日《あした》死《し》ぬぞ！」

「ふ、ふざけんなぁぁっ、は、放《はな》しやがれぇぇ――っ！」

「やめろ、二人《ふたり》とも！」

「きゃあぁぁ――っ！」

ライくんと旋風《つむじ》くんはつかみ合《あ》いになり、慌《あわ》てて恭哉《きょうや》くんが仲裁《ちゅうさい》に入《はい》った。

無理《むり》やりおにぎりを食《た》べさせられた旋風《つむじ》くんは、殺気《さっき》に満《み》ちた目《め》でライくんを睨《にら》む。

「ライ、てめぇ、何考《なにかんが》えてんだ!?　おまえには感情《かんじょう》ってもんがないのか!?」

「そうだ、少《すこ》しは旋風《つむじ》の気持《きも》ちも考《かんが》えろ。兄弟《きょうだい》を失《うしな》ったばかりじゃ、食事《しょくじ》する気《き》にならないのも仕方《しかた》ないだろ」

「……………」

旋風《つむじ》くんはライくんを非難《ひなん》し、恭哉《きょうや》くんも旋風《つむじ》くんに同調《どうちょう》した。

私《わたし》と潮《うしお》ちゃんは男子《だんし》のケンカに驚《おどろ》いて、ただオロオロするばかり。

だけど2対《たい》1で責《せ》められても全《まった》くライくんはまったく怯《ひる》まなかった。

「ただ悲《かな》しんでるだけより、怒《いか》りのほうがまだましな感情《かんじょう》だろ」

「な、何《なに》っ!?」

「怒《いか》りは絶望《ぜつぼう》よりも力《ちから》になる。明日《あした》もその調子《ちょうし》でギロンパの奴《やつ》を見返《みかえ》してみろよ」

「…………っ！」

ライくんはそれだけを言《い》うと、一人部屋《ひとりへや》の隅《すみ》に座《すわ》り込《こ》みおにぎりを食《た》べだした。

そこで私《わたし》は気《き》づく。きっとあれがライくん流《りゅう》の優《やさ》しさなんだろうな……って。

旋風《つむじ》くんをわざと怒《おこ》らせてでも、ライくんはギロンパとのゲームに生《い》き残《のこ》ってほしかったのだ。感情表現《かんじょうひょうげん》が苦手《にがて》だから、あんな乱暴《らんぼう》なやり方《かた》になってしまったけれど。

「ちっくしょう……ちくしょう……！」

「旋風《つむじ》くん……」

旋風《つむじ》くんにもライくんの想《おも》いが伝《つた》わったのか、悔《くや》し涙《なみだ》を流《なが》しながらもおにぎりを口《くち》に運《はこ》び始《はじ》めた。それまで泣《な》くだけだった潮《うしお》ちゃんも、私《わたし》の隣《となり》に座《すわ》って食事《しょくじ》をとり始《はじ》める。

「潮《うしお》ちゃん……」

「美晴《みはる》ちゃん、聞《き》いてくれますか？　麻耶《まや》ちゃんは潮《うしお》にとって憧《あこが》れの女《おんな》の子《こ》でした」

「……、うん、知《し》ってるよ」

潮《うしお》ちゃんは親友《しんゆう》の麻耶《まや》ちゃんへの想《おも》いを、ぼそりぼそりと涙《なみだ》まじりに語《かた》り始《はじ》めた。

私《わたし》はただ黙《だま》って、潮《うしお》ちゃんの言葉《ことば》に耳《みみ》を傾《かたむ》ける。

「麻耶《まや》ちゃんは潮《うしお》と違《ちが》って心《こころ》も強《つよ》くて……。弱《よわ》い子《こ》がいたら自分《じぶん》を盾《たて》にしてでも守《まも》ってくれる。そんな頼《たの》もしい女《おんな》の子《こ》だったんです……」

ぽろぽろ、ぽろぽろと潮《うしお》ちゃんの真《ま》っ白《しろ》な頬《ほお》が涙《なみだ》で濡《ぬ》れていき、いつの間《ま》にか私《わたし》もつられて、もらい泣《な》きしてた。

瞼《まぶた》の裏《うら》に浮《う》かぶのは、いつも明《あか》るく笑《わら》っていた麻耶《まや》ちゃんの——眩《まぶ》しい笑顔《えがお》。

「だ、だから私《わたし》っ、いつ……か、麻耶《まや》ちゃんみたいな女《おんな》の子《こ》に……なり、たいっ！　守《まも》られてるだけじゃなく、う、潮《うしお》も大事《だいじ》な誰《だれ》かを、ま、守《まも》れるような、強《つよ》い女《おんな》の子《こ》……になるの！」

「うん、うん……！」

「ま、麻耶《まや》ちゃん、見《み》ててくれますかね？　こんな弱虫《よわむし》な潮《うしお》のこと、呆《あき》れないでちゃんと見守《みまも》ってくれます…か？」

「そんなの……当《あ》たり前《まえ》じゃない！」

感情《かんじょう》が高《たか》ぶった私《わたし》は、潮《うしお》ちゃんの小《ちい》さな体《からだ》を力《ちから》の限《かぎ》り抱《だ》きしめた。

潮《うしお》ちゃんもまたぎゅっと私《わたし》に縋《すが》り付《つ》き、しくしくと大量《たいりょう》の涙《なみだ》を流《なが》す。

失《うしな》いたくない。

失《うしな》いたくなかった。

守《まも》りたかった。

大切《たいせつ》だった。

なのに、大事《だいじ》な友達《ともだち》はみんないなくなってしまった。

どうして。どうして。どうして⁉


「私《わたし》……私《わたし》は……――っ！」

あふれそうになる涙《なみだ》を喉《のど》の奥《おく》に飲《の》み込《こ》んで、私《わたし》は夜空《よぞら》を見上《みあ》げた。

さっきまで空《そら》を覆《おお》い尽《つ》くしていた雲《くも》が風《かぜ》に流《なが》されて、その隙間《すきま》から丸《まる》い月《つき》が顔《かお》を出《だ》す。

こんなふうに、地獄《じごく》の底《そこ》のような暗闇《くらやみ》にも必《かなら》ず光《ひかり》は射《さ》す。

そんなふうに今《いま》は絶望《ぜつぼう》に沈《しず》んでいても、わずかな希望《きぼう》を信《しん》じたい。

「ギロンパなんかに絶対負《ぜったいま》けない、よ……」

自分《じぶん》の心《こころ》に新《あら》たな誓《ちか》いを立《た》てるように、私《わたし》はそっと小声《こごえ》でつぶやいた。

そんな私《わたし》のことをライくんや恭哉《きょうや》くんもまっすぐに見《み》つめてる。

ギルティゲーム2日目《かめ》、終了《しゅうりょう》。

生存者《せいぞんしゃ》――残《のこ》るはわずか5人《にん》。

3日目《かめ》 悪《あく》夢《む》からの脱《だっ》出《しゅつ》

――どれだけ泣《な》けば。どれだけ苦《くる》しめば。

この最《さい》低《てい》最《さい》悪《あく》な悪《あく》夢《む》から逃《に》げ出《だ》せるんだろう？

私《わたし》はまるでお母《かあ》さんのお腹《なか》の中《なか》で眠《ねむ》る赤《あか》ちゃんのように小《ちい》さく丸《まる》くなっていた。

ふわふわふわふわ。

心《ここ》地《ち》いいまどろみから現《げん》実《じつ》に引《ひ》き戻《もど》したのは、建《たて》物《もの》全《ぜん》体《たい》を縦《たて》に揺《ゆ》さぶる大《おお》きな音《おと》。


――ガターン！　ガターン！　ガタタタタ――ンッ!!


「きゃっ、な、何《なに》っ!?」

「ま、またギロンパが建《たて》物《もの》を壊《こわ》し始《はじ》めたのかっ!?」

「みんな、伏《ふ》せろっ!?」

2階《かい》の食堂《しょくどう》で寝《ね》ていた私達《わたしたち》は一斉《いっせい》に飛《と》び起《お》き、近《ちか》くの机《つくえ》の下《した》に隠《かく》れた。

——ガターン！　ガターン！　ガタタタターーンッ!!


鼓膜《こまく》を引《ひ》き裂《さ》くような騒音《そうおん》は、いやでも1日目《にちめ》の恐怖《きょうふ》を思《おも》い出《だ》させる。

ギルティゲーム3日目《かめ》。生《い》き残《のこ》りをかけた最終日《さいしゅうび》の朝《あさ》は、こうして突然幕《とつぜんまく》を開《あ》けたのだ。

『ふぃ〜、突貫工事完了《とっかんこうじかんりょう》。ゲーム参加者《さんかしゃ》は全員中央《ぜんいんちゅうおう》ホールに集《あつ》まるロ〜ン♪』

しばらくすると音《おと》も揺《ゆ》れもやんで、食堂《しょくどう》のスピーカーから呼《よ》び出《だ》しアナウンスが流《なが》れた。

私達《わたしたち》はフラフラとした足取《あしど》りで階段《かいだん》を下《お》り、指定《してい》の中央《ちゅうおう》ホールへと向《む》かう。

「いよいよ今日《きょう》で最後《さいご》、だね……」

「ギロンパのことだから、またろくでもないゲームを用意《ようい》してそうだけど……」

「あ、あれ、見《み》て下《くだ》さい！」

これから始《はじ》まるゲームのことを心配《しんぱい》していると、不意《ふい》に潮《うしお》ちゃんが前方《ぜんぽう》を指《ゆび》さした。

そこにはド派手《はで》に生《う》まれ変《か》わった牢獄《ろうごく》があった。

パステル調《ちょう》に可愛《かわい》くデコレーションされた壁《かべ》や床《ゆか》。

天井《てんじょう》からは大《おお》きなクジラの模型《もけい》や、色《いろ》とりどりのバルーンまで飾《かざ》られていて……。

一体《いったい》どういう仕組《しく》みなのかわからないけど、たった一夜《いちや》で牢獄《ろうごく》が全《まった》く別物《べつもの》に改造《かいぞう》されていたのだ。

「うわっ！　な、なんだこれっ⁉」

「ウソだろ、ここって確《たし》か1日目《にちめ》のかくれんぼで完全《かんぜん》に破壊《はかい》されてたはず……」

「……っ」

あまりの変《か》わりように、ライくんでさえびっくりしている。

恐《おそ》る恐《おそ》るホールの中《なか》に入《はい》ると、まず目《め》に入《はい》るのがキラキラと輝《かがや》く大階段《おおかいだん》。ギロンパはその大階段《おおかいだん》を得意《とくい》げな顔《かお》で下《お》りてきた。

ギロンパの今日《きょう》のコスプレは、RPG《アールピージー》ゲームに出《で》てくるような勇者《ゆうしゃ》の格好《かっこう》だ。

「フッフッフッー。これが未来《みらい》のナノテクノロジーの素晴《すば》らしいところだロン♪　ナノサイズ（1ミリメートルの100万分《まんぶん》の1の大《おお》きさ）で作《つく》られた未来《みらい》のナノロボットは、自由自在《じゆうじざい》に形《かたち》や大《おお》きさ、色《いろ》などを変《か》えられるんだローン♪」

「ナ、ナノテクノロジー……」

「ほ、本当《ほんとう》にギロンパって、未来《みらい》からやってきたんでしょうか？」

今《いま》まで忘《わす》れてたけど、ギロンパは未来《みらい》の警察《けいさつ》と名乗《なの》っている。こんな奇跡《きせき》のような大改《だいかい》造《ぞう》を見《み》せられたら、その話《はなし》も本当《ほんとう》なのかと信《しん》じたくなってしまう。

「まぁ、未来《みらい》の話《はなし》はどうでもいいロン。早速《さっそく》ギルティゲーム、最終日《さいしゅうび》を開始《かいし》するロン！」

「！」

ギロンパが腰《こし》からシュッと剣《けん》を抜《ぬ》くと、大階段《おおかいだん》の踊《おど》り場《ば》に巨大《きょだい》スクリーンが現《あらわ》れた。

ジャジャーンという派手《はで》な音楽《おんがく》と共《とも》に現《あらわ》れたのは、

『免罪状《めんざいじょう》を探《さが》し出《だ》せ！　命《いのち》を賭《か》けた宝探《たからさが》しゲーム☆』


という文字《もじ》。

「さて、ルールを説明《せつめい》するロン！　この牢獄《ろうごく》はここ1階《かい》から5階《かい》までが迷路《めいろ》になっていて、どこかに『免罪状《めんざいじょう》』の入《はい》った宝箱《たからばこ》があるロン！　これは未来《みらい》のおまえらの罪《つみ》を特別《とくべつ》に免除《めんじょ》してあげる♪　という、とてもありがたいアイテム！　この免罪状《めんざいじょう》を手《て》に入《い》れられた者《もの》は、この牢獄《ろうごく》からも脱出《だっしゅつ》できる！　どう？　やる気出《きで》てきたロン？」

「……」

ギロンパの説明《せつめい》を聞《き》いて、私達《わたしたち》はゴクリと生唾《なまつば》を飲《の》み込《こ》んだ。

免罪状《めんざいじょう》――もちろんここから出《で》られるなら、何《なに》が何《なん》でも手《て》に入《い》れたい。だけどギロンパのゲームなんて素直《すなお》に信用《しんよう》できない。私《わたし》と同《おな》じことを思《おも》ったのか、旋風《つむじ》くんも大声《おおごえ》で突《つ》っ込《こ》んだ。

「んなこと言《い》って、どうせまたろくでもない罠《わな》とかが仕掛《しか》けてあるんだろ!? 卑怯《ひきょう》だぞ!」

「はぁ? そんなの当《あ》たり前《まえ》だロン。ギロンパはおまえらが苦《くる》しむところを見《み》るのが唯一《ゆいいつ》の楽《たの》しみだロンからなー♪ フンフンフンのフーン☆」

ギロンパは旋風《つむじ》くんの指摘《してき》を否定《ひてい》するどころか、楽《たの》しそうに鼻歌《はなうた》を歌《うた》い始《はじ》めた。人《ひと》を小《こ》馬鹿《ばか》にする態度《たいど》は本当《ほんとう》に憎《にく》たらしい。最終日《さいしゅうび》の今日《きょう》も、命《いのち》がけのゲームとなりそうだ。

「さ、それじゃあ早速始《さっそくはじ》めるロン。ギルティゲーム・ザ・サード、スタートォオ〜〜〜!」

「!」

ギロンパの号令《ごうれい》と共《とも》に中央《ちゅうおう》ホールの扉《とびら》が一斉《いっせい》に開《ひら》いた。

私達《わたしたち》が立《た》っている場所《ばしょ》から見《み》ると、北《きた》、東《ひがし》、西《にし》、北東《ほくとう》、北西《ほくせい》の5カ所《しょ》。

一言《ひとこと》で牢獄《ろうごく》と言《い》っても中《なか》は広《ひろ》い。私達《わたしたち》は恭哉《きょうや》くんの周《まわ》りに集《あつ》まって、作戦会議《さくせんかいぎ》を開《ひら》いた。

「さて、どこの扉《とびら》から中《なか》に入《はい》ろうか……」

「北《きた》の扉《とびら》は上《うえ》への階段《かいだん》、東《ひがし》の扉《とびら》は地下《ちか》に続《つづ》いているみたいです」

「ちっくしょ。なんかヒントがあったらいいのにな〜」

「あ、ちょっ、ライくん!?」

なぜかみんなの輪《わ》を外《はず》れて、ライくんは一人《ひとり》で東《ひがし》の扉《とびら》の中《なか》に入《はい》っていってしまう。私《わたし》は慌《あわ》てて後《あと》を追《お》いかけた。

「待《ま》って、ライくん、一人《ひとり》じゃ危《あぶ》ないよ！　みんなで行《い》こうよ！」

「……いや、いい。一人《ひとり》のほうがいろいろ身軽《みがる》だから」

「え……」

「それとこれ、返《かえ》しとく」

ライくんはポケットからある物《もの》を取《と》り出《だ》し、私《わたし》に手渡《てわた》した。それは私《わたし》のスマホ。昨日《きのう》ギロンパの妨害電波《ぼうがいでんぱ》のせいで使《つか》えなくなった時《とき》、少《すこ》し調《しら》べさせてほしいとライくんに言《い》われて預《あず》けていたものだ。

「もし何《なに》かあったら、ここの稲妻《いなずま》のアイコンをタップして」

「え？」

「稲妻《いなずま》アイコン」

見《み》ると、手渡《てわた》されたスマホの画面右下《がめんみぎした》には昨日《きのう》まではなかった稲妻《いなずま》のアイコンができている。んん？　一体《いったい》なんだろう、これ？

「くれぐれも油断《ゆだん》するな。……気《き》をつけて」

「……」

ライくんはちらりと意味《いみ》ありげな視線《しせん》で私《わたし》を見《み》ると、一人《ひとり》で迷路《めいろ》の奥《おく》に入《はい》っていってしまった。後《うし》ろからは旋風《つむじ》くんや恭哉《きょうや》くんのイライラした声《こえ》が聞《き》こえてくる。

「ライのことは放《ほう》っとけよ！　チームワークを乱《みだ》す奴《やつ》なんていらねぇよ！」

「で、でも……」

「心配《しんぱい》なのはわかるけど、ライ自身《じしん》がオレ達《たち》から離《はな》れて行《い》ったんだからどうしようもないよ。今《いま》はとにかく免罪状《めんざいじょう》を探《さが》すことに集中《しゅうちゅう》しよう」

「う、うん……」

昨夜《さくや》のケンカのせいで、旋風《つむじ》くんや恭哉《きょうや》くんはライくんに対《たい》していい印象《いんしょう》を持《も》ってないみたい。だけど生《い》き残《のこ》った５人《にん》が仲良《なかよ》くできないのは、やっぱり寂《さび》しい。

「じゃとりあえずライとは反対《はんたい》の西《にし》の扉《とびら》に入《はい》ってみようぜ！　潮《うしお》、はぐれんじゃねぇぞ！」

「う、うん！」

旋風《つむじ》くんは空元気《からげんき》をふりまき、氷《こおり》のオブジェが飾《かざ》られた西《にし》の扉《とびら》をくぐっていった。その後《あと》を必死《ひっし》についていく途中《とちゅう》、潮《うしお》ちゃんがポンポンと私《わたし》の肩《かた》を叩《たた》く。

「元気出《げんきだ》して。美晴《みはる》ちゃんはライくんのこと、信《しん》じてるんですね」

「え？　あ、うん……」

私《わたし》は昨日《きのう》、一昨日《おととい》のゲームのことを思《おも》い出《だ》した。

一見《いっけん》そっけないけれど、ピンチの人《ひと》は絶対放《ぜったいほう》っておけない……それがライくんだ。

だからライくんにもしものことがあったら、今度《こんど》は私《わたし》が彼《かれ》を助《たす》けたい。

「もしかしたらライくんが単独行動《たんどくこうどう》をとるのは、何《なに》か理由《りゆう》があるのかもしれませんね」

「理由《りゆう》、かぁ……」

「美晴《みはる》ちゃんが信《しん》じるなら、潮《うしお》もライくんを信《しん》じますよ」

潮《うしお》ちゃんはそう言《い》って微笑《ほほえ》んだ。いつも頼《たよ》っていた麻耶《まや》ちゃんを失《な》くしたからか、今《いま》の潮《うしお》ちゃんは初《はじ》めて出会《であ》った時《とき》に比《くら》べて少《すこ》ししっかりしている。

「さ、お喋《しゃべ》りはそのくらいにして先《さき》を急《いそ》ごう。ギロンパが何《なに》を仕掛《しか》けてくるかわからないからね」

「恭哉《きょうや》くん……」

恭哉《きょうや》くんに促《うなが》されて私《わたし》は気《き》を取《と》り直《なお》して迷路《めいろ》の中《なか》に突入《とつにゅう》した。

これが本当《ほんとう》に最後《さいご》のゲーム！

麻耶《まや》ちゃんや疾風《はやて》くんの分《ぶん》も生《い》き残《のこ》るんだ！　と私《わたし》は改《あらた》めて心《こころ》に誓《ちか》った。

◇◆◇◆◇

「うっ、うわぁぁぁ――っ!!」

「つ、旋風《つむじ》くん、大丈夫《だいじょうぶ》!?」

だけどやっぱりギロンパが改造《かいぞう》した迷路《めいろ》は一筋縄《ひとすじなわ》ではいかなかった。広《ひろ》い迷路《めいろ》の中《なか》には、ギロンパの宣言通《せんげんどお》りいろいろなトラップが仕掛《しか》けられている。

長《なが》い廊下《ろうか》の行《い》き止《ど》まりに置《お》かれてたのは、いかにもRPG《アールピージー》ゲームに出《で》てきそうな宝箱《たからばこ》。

恭哉《きょうや》くんが「怪《あや》しい」と止《と》めるのも聞《き》かず、旋風《つむじ》くんは宝箱《たからばこ》を開《あ》けてしまった。

すると「残念《ざんねん》☆　こっちはハズレだロン♪」という紙《かみ》がクラッカーと一緒《いっしょ》に飛《と》び出《だ》して、屋根《やね》の上《うえ》から「プレゼント♪」と書《か》かれた直径《ちょっけい》２メートルの巨大鉄球《きょだいてっきゅう》が落《お》ちてきた！

念《ねん》のため曲《ま》がり角《かど》で待機《たいき》していた私達《わたしたち》は、鉄球《てっきゅう》から逃《に》げるために廊下《ろうか》を猛《もう》ダッシュする旋風《つむじ》くんに向《む》かって手《て》を伸《の》ばす。

「旋風《つむじ》くん、こっち、こっち！」

「う、うおりゃあぁぁ――！」

旋風《つむじ》くんは私《わたし》の手《て》に飛《と》びつき、なんとかギリギリのところで鉄球《てっきゅう》を避《よ》けた。

旋風《つむじ》くんを潰《つぶ》し損《そこ》ねた鉄球《てっきゅう》は派手《はで》に壁《かべ》を突《つ》き破《やぶ》り、窓《まど》の外《そと》へと落《お》ちていく。

「ヒュー、危《あぶ》ねぇ、危《あぶ》ねぇ……」

「もう旋風《つむじ》くんったら！　旋風《つむじ》くんの足《あし》が速《はや》かったから助《たす》かったけど、普通《ふつう》の人《ひと》なら死《し》んでたよ！」

「わ、わりぃ。ちょっと焦《あせ》りすぎた……」

私《わたし》がプンプン怒《おこ》ると、旋風《つむじ》くんはばつが悪《わる》そうに頭《あたま》を掻《か》いた。
だけど一難《いちなん》去《さ》ってまた一難《いちなん》。鉄球《てっきゅう》の罠《わな》をクリアしたかと思《おも》ったら、通路《つうろ》がガタンッとい
きなり斜《なな》めに傾《かたむ》いたのだ！
「うきゃっ！」
「うわぁぁ――っ！」
通路《つうろ》は巨大滑《きょだいすべ》り台《だい》となって、私達《わたしたち》を一気《いっき》に地下室《ちかしつ》へと運《はこ》んだ。一番下《いちばんした》まで落《お》ちきったと
ころで、今度《こんど》はヒュルルーと上《うえ》からハロウィンのカボチャのマスクが降《ふ》ってくる。マスク
はなぜか私《わたし》の頭《あたま》にスポッとはまってしまい、目《め》の前《まえ》が何《なに》も見《み》えなくなった。
「え？　何《なに》これ〰〰!?」
視界《しかい》を奪《うば》われた私《わたし》はふらふらと大《おお》きくよろめいた。その先《さき》にはぽっかりと巨大《きょだい》な落《お》とし
穴《あな》が口《くち》を開《あ》けて待《ま》っていて、底《そこ》には鋭《するど》い針《はり》の山《やま》が仕掛《しか》けられている。
「美晴《みはる》ちゃん、危《あぶ》ないっ！」
「きゃ、きゃあぁぁぁ――っ！」
ガクンッと落《お》とし穴《あな》に落《お》ちそうになった私《わたし》に、素早《すばや》く手《て》を伸《の》ばしてくれたのは潮《うしお》ちゃん
だ。潮《うしお》ちゃんは空中《くうちゅう》に放《ほう》り出《だ》された私《わたし》の右手《みぎて》を、ガシッとギリギリで掴《つか》むと、
「よいしょ〰〰っ！」

と、恭哉《きょうや》くん達《たち》が駆《か》けつけるより先《さき》に、私《わたし》を一気《いっき》に床《ゆか》の上《うえ》へと引《ひ》き上《あ》げてくれた！

メンバーの中《なか》で一番《いちばん》小柄《こがら》な潮《うしお》ちゃんが、まさか私《わたし》の命《いのち》を救《すく》ってくれるなんて……。

私《わたし》は潮《うしお》ちゃんに抱《だ》きつき、涙《なみだ》ながらにお礼《れい》を言《い》った。

「う、潮《うしお》ちゃん、ありがとう！　し、死《し》ぬかと思《おも》ったぁ～～～！」

「よ、よかったですぅ。う、潮《うしお》、少《すこ》しはお役《やく》に立《た》ちましたか？」

「う、潮《うしお》、すげぇ……」

「ボク達《たち》の出《で》る幕《まく》、まるでなかった……ね」

思《おも》わぬ潮《うしお》ちゃんの活躍《かつやく》に、旋風《つむじ》くんと恭哉《きょうや》くんは苦笑《くしょう》してた。

ギロンパのトラップは古典的《こてんてき》だけど、次《つぎ》から次《つぎ》へと連続《れんぞく》で仕掛《しか》けられているからタチが悪《わる》い。

鉄球《てっきゅう》↓滑《すべ》り台《だい》↓カボチャのマスク↓落《お》とし穴《あな》……と、コンボでゲームオーバーを狙《ねら》っているかのような絶妙《ぜつみょう》なトラップの配置《はいち》。しかもそのどれもが死《し》に直結《ちょっけつ》している。

迷路《めいろ》を探索《たんさく》し始《はじ》めてからわずか30分《ぷん》。私達《わたしたち》は次《つぎ》から次《つぎ》へと襲《おそ》いかかってくるトラップ地獄《じごく》に、早《はや》くも音《ね》を上《あ》げそうになっていた。

『ウキャキャキャキャ！　なかなか頑張《がんば》るじゃあ～りませんか☆　そうでないと面白《おもしろ》くないロン。この先《さき》も水責《みずぜ》め、歯車《はぐるま》の部屋《へや》、綱渡《つなわた》りにマグマ地獄《じごく》！　いろんなトラップを仕掛《しか》けてあるから楽《たの》しんでね☆　あ、お約束《やくそく》のバナナの皮《かわ》も用意《ようい》してあるロン〜♪』

迷路内《めいろない》で響《ひび》くギロンパの甲高《かんだか》い声《こえ》にイライラする。しかもまだまだトラップは目白押《めじろお》しみたいだ。

「ちっくしょ、ギロンパの奴《やつ》、調子《ちょうし》に乗《の》りやがって……」

「でもこのままだと免罪状《めんざいじょう》を探《さが》し出《だ》すより先《さき》に、潮達《うしおたち》のほうが先《さき》に死《し》んじゃいますぅ……」

「だよね。ただでさえ私達《わたしたち》にはカチコッチっていうハンデがあるのに」

私《わたし》はきゅっと眉根《まゆね》を寄《よ》せながら、首《くび》に仕掛《しか》けられたカチコッチを触《さわ》った。

今頃《いまごろ》ライくんはどうしてるかな？　こんな危険《きけん》な迷路《めいろ》の中《なか》を一人《ひとり》で探索《たんさく》するなんて。やっぱり無理《むり》やりにでも一緒《いっしょ》に行動《こうどう》すればよかった……。

「仕方《しかた》ないな。やっぱりアレに頼《たよ》るしかないか……」

「……え？」

恭哉《きょうや》くんは一瞬《いっしゅん》ためらった後《あと》、バッグの中《なか》からゴソゴソとあるものを取《と》り出《だ》した。それは1台《だい》の——タブレット。

「あ……」

恭哉《きょうや》くんの手《て》の中《なか》にあるそれを目《め》にした瞬間《しゅんかん》、私《わたし》は思《おも》わず目《め》を見開《みひら》いた。

だってそれは……そのタブレットはもしかしなくても——

「恭哉《きょうや》くん、それ、ライくんの……」

「……、やっぱりわかっちゃうか。そう、これはあいつの使《つか》ってたタブレットだよ」

恭哉《きょうや》くんがタブレットを起動《きどう》させると、画面《がめん》には牢獄内《ろうごくない》の簡易《かんい》マップが表示《ひょうじ》される。

「お、すげー！　これって確《たし》か1日目《にちめ》にライが調《しら》べてた奴《やつ》じゃん」

「あいつがハッキングしてギロンパから盗《ぬす》み出《だ》したデータだよ。どうやらライは昨日《きのう》の夜《よる》もここのデータベースにアクセスしてたみたいなんだ。これが最新《さいしん》のデータで……」

「ちょっと待《ま》って、恭哉《きょうや》くん！」

私《わたし》は強《つよ》い口調《くちょう》で恭哉《きょうや》くんの話《はなし》を遮《さえぎ》った。

このデータがすごいことはわかるけど、どうしてライくんのタブレットがここにあるの？　ライくんが集《あつ》めたデータなら、ライくんが持《も》ち歩《ある》くはず。

いろいろな考《かんが》えが頭《あたま》の中《なか》をぐるぐる回《まわ》って、私《わたし》は恭哉《きょうや》くんをきつく睨《にら》んだ。恭哉《きょうや》くんは気《き》まずそうに視線《しせん》を逸《そ》らす。

「………、美晴《みはる》ちゃん、ボクのこと、軽蔑《けいべつ》する？」

「………」

「でも生《い》き延《の》びるためには仕方《しかた》なかったんだ。ハッカーとしてのライは優秀《ゆうしゅう》だけど、あいつはボク達《たち》に協力的《きょうりょくてき》じゃない。だからもしもの時《とき》のために、あいつの隙《すき》をついてタブレットを盗《ぬす》み出《だ》すしか……なかったんだ」

「……っ」

恭哉《きょうや》くんが盗《ぬす》んだことを認《みと》めて、私《わたし》は一気《いっき》に気分《きぶん》が悪《わる》くなった。

まさか……。まさか優等生《ゆうとうせい》でみんなに好《す》かれてる恭哉《きょうや》くんが、こんな卑怯《ひきょう》な真似《まね》をするなんて！

とっさに、許《ゆる》せないと怒《いか》りを覚《おぼ》えるけど、その反面《はんめん》『キレイごとだけじゃ生《い》きられない』……と判断《はんだん》した恭哉《きょうや》くんの気持《きも》ちもわかる。

生死《せいし》を賭《か》けたサバイバルゲームの中《なか》で、どんなことをしてでも生《い》き延《の》びたいと願《ねが》う気持《きも》ちはみんな一緒《いっしょ》だ。生《い》きるためなら利用《りよう》できるものはなんでも利用《りよう》する……。極限状態《きょくげんじょうたい》でそんな考《かんが》えに至《いた》ってしまった恭哉《きょうや》くんを、私《わたし》は責《せ》められるだろうか？

「ま、まぁ、二人《ふたり》とも落《お》ち着《つ》けって。確《たし》かに盗《ぬす》みはよくねーけど、きっとライの奴《やつ》ならダイジョーブだって」

重《おも》くなった空気《くうき》をなんとかしようと、旋風《つむじ》くんが珍《めずら》しくフォローに回《まわ》る。潮《うしお》ちゃんも一生懸命知恵《しょうけんめいちえ》を絞《しぼ》って、私《わたし》と恭哉《きょうや》くんの仲裁《ちゅうさい》に入《はい》った。

「そう……ですね。ライくんには後《あと》でみんな一緒《いっしょ》に謝《あやま》りましょう。それにライくんはタブレットだけじゃなくてノートパソコンも持《も》ち歩《ある》いてたから、そっちに同《おな》じデータが入《はい》ってるかもしれないですし……」

「おう、そうだな！　潮《うしお》、おまえ頭《あたま》いい!!」

「……」

「ごめん、美晴《みはる》ちゃん。君《きみ》に嫌《きら》われるのが、ボク的《てき》には一番辛《いちばんつら》いかも……」

「恭哉《きょうや》くん……」

「ホント、ごめん。ライにはあとで土下座《どげざ》でもなんでもするから……」

恭哉《きょうや》くんは両手《りょうて》を合《あ》わせて、深《ふか》く深《ふか》く頭《あたま》を下《さ》げた。そんなふうに謝《あやま》られたら、私《わたし》のほうだって許《ゆる》すしかない。

結局《けっきょく》ライくんが調《しら》べたデータは、ありがたく使《つか》わせてもらうことになった。私《わたし》の中《なか》にはまだモヤモヤとした気持《きも》ちが残《のこ》ったけど、今《いま》の状況《じょうきょう》では他《ほか》に選択肢《せんたくし》がなかった。

「よし、行《い》こう！　データによると、地下《ちか》に設置《せっち》されてる宝箱《たからばこ》は全部偽物《ぜんぶにせもの》だ！」

ライくんのタブレットを持《も》った恭哉《きょうや》くんは、再《ふたた》び先頭《せんとう》を歩《ある》き出《だ》した。

ライくんが集《あつ》めたデータはかなり正確《せいかく》で、これまでトラップにかかりまくりだった私達《わたしたち》は、スムーズに迷路《めいろ》を探索《たんさく》できるようになった。

「ふぅー、あぶねーあぶねー。さっきのレーザー光線部屋《こうせんべや》、ライの情報《じょうほう》がなきゃオレ達黒《たちくろ》焦《こ》げになってたぜ」

「よし、この先《さき》の階段《かいだん》は途中《とちゅう》で巨大滑《きょだいすべ》り台《だい》になるみたいだから避《よ》けていこう」

「本当《ほんとう》、ライくんには感謝感謝《かんしゃかんしゃ》、ですね」

恭哉《きょうや》くんはライくんの情報《じょうほう》を基《もと》に、免罪状《めんざいじょう》が隠《かく》されていそうな場所《ばしょ》を的確《てきかく》にピックアップしていった。おかげで広《ひろ》い迷路《めいろ》の中《なか》を迷《まよ》わずに進《すす》めるけれど、私《わたし》は以前《いぜん》ほど恭哉《きょうや》くんを頼《たの》もしいとは思《おも》えなくなっていた。

「美晴《みはる》ちゃん、どうしたの？　ほら、立《た》ち止《ど》まってないで先《さき》を急《いそ》ごう」

「……」

優《やさ》しく手《て》を差《さ》し出《だ》す恭哉《きょうや》くんの微笑《ほほえ》みは相変《あいか》わらずきれいで、女《おんな》の子《こ》なら見《み》とれてしまうほどカッコいい。でも……。

──恭哉《きょうや》くんの瞳《ひとみ》は本当《ほんとう》の意味《いみ》では笑《わら》ってない。

不意《ふい》にそんな気《き》がして、私《わたし》は背筋《せすじ》が寒《さむ》くなるのを感《かん》じた。

「うん、この先《さき》には隠《かく》し部屋《べや》があるみたいだ。免罪状《めんざいじょう》がある可能性《かのうせい》が高《たか》い！」

「ホントか？　ならオレが一番《いちばん》に突入《とつにゅう》するぜ！」

地下室《ちかしつ》から1階《かい》へ出《で》て、トラップを避《よ》けながら2階《かい》、3階《がい》へとやってきた私達《わたしたち》は、最上階《さいじょうかい》に上《あ》がってすぐ細《ほそ》い廊下《ろうか》に出《で》た。

恭哉《きょうや》くんの指示《しじ》に従《したが》って慎重《しんちょう》に進《すす》んでいくと、全面《ぜんめん》ガラス張《ば》りのミラーハウスのような場所《ばしょ》に出《で》る。死角《しかく》に設置《せっち》されていたドアを見《み》つけると、旋風《つむじ》くん、私《わたし》、潮《うしお》ちゃんの順《じゅん》で慎《しん》重《ちょう》に中《なか》に入《はい》る。でもそこは宝箱《たからばこ》どころか、鏡以外《かがみいがい》は何《なに》もない殺風景《さっぷうけい》な場所《ばしょ》だった。

「あれぇ？　行《い》き止《ど》まりですね……」

「よく見《み》ろよ、奥《おく》に階段《かいだん》があるじゃん。行《い》ってみようぜ」

「うん」

――ガシャアアアアァァ――ン!!

「えっ!?」

「な、なんだ!?」

引《ひ》き返《かえ》すより先《さき》に入《い》り口《ぐち》に太《ふと》い鉄格子《てつごうし》が下《お》りてきて、私《わたし》たち３人《にん》は狭《せま》い部屋《へや》の中《なか》に閉《と》じ込《こ》められてしまった！　ついさっきまで背後《はいご》にいた恭哉《きょうや》くんの姿《すがた》が、いつの間《ま》にか見《み》えなくなっている。

「うわっ、なんだよ、これ？」

「恭哉《きょうや》くん!?　恭哉《きょうや》くん、どこっ!?」

「あわわわわっ、見《み》て下《くだ》さい。針《はり》のついた天井《てんじょう》が上《うえ》から下《お》りてきます！」

潮《うしお》ちゃんが指《ゆび》さした方向《ほうこう》を見《み》ると、キリキリという不気味《ぶきみ》な音《おと》を立《た》てて針付《はりつ》きの天井《てんじょう》が
ゆっくり下《お》りてきた。

ど、どうしよう。あんなのに串刺《くしざ》しにされたらみんな一巻《いっかん》の終《お》わりだよ！

「残念《ざんねん》だったね。君達《きみたち》はここでゲームオーバーだよ」

「！」

その時《とき》、鏡《かがみ》の部屋《へや》に大《おお》きく響《ひび》いたのは聞《き》き慣《な》れた……だけどどこか冷《つめ》たい男《おとこ》の子《こ》の声《こえ》。

――恭哉《きょうや》くんだ。今《いま》まで最後尾《さいこうび》を歩《ある》いていたはずの恭哉《きょうや》くんが、いつの間《ま》にか私達《わたしたち》が進《すす》
もうとしていた階段《かいだん》のてっぺんに立《た》っていた。

「恭哉《きょうや》くん、それ……どういうこと？」

嫌《いや》な予感《よかん》を感《かん》じて震《ふる》える声《こえ》で尋《たず》ねれば、恭哉《きょうや》くんは悲《かな》しげにフッと笑《わら》い、私達《わたしたち》を冷《つめ》たく
見下《みお》ろした。

「今言《いまい》った通《とお》りだよ。ボクも本当《ほんとう》は仲間《なかま》を裏切《うらぎ》るなんてことしたくなかったんだけど……。

ギロンパ様《さま》の命令《めいれい》だから仕方《しかた》ないよね」

「ギロンパ……様《さま》……!?」

ギロンパを様付《さまつ》きで呼《よ》ぶ口調《くちょう》で……すぐに気《き》づいた。もしかして宝箱《たからばこ》を探《さが》す振《ふ》りをしながら、恭哉《きょうや》くんは私達《わたしたち》をこの行《い》き止《ど》まりに誘導《ゆうどう》したんじゃないか……って。

つまり恭哉《きょうや》くんは私達《わたしたち》を裏切《うらぎ》った!?

ううん、まさかそんなはずはないよ。そんなはずは……。

私《わたし》は必死《ひっし》に恭哉《きょうや》くんを信《しん》じようとしたけど、心臓《しんぞう》の鼓動《こどう》は速《はや》くなっていく。

「お、おい恭哉《きょうや》。悪《わる》い冗談《じょうだん》はやめろよ……」

「旋風《つむじ》……」

「だっておまえは頼《たよ》りになるオレらのリーダーだったじゃん！」

「そ、そうです。こんなの、悪《わる》ふざけがすぎます！」

恭哉《きょうや》くんの裏切《うらぎ》りを信《しん》じられないのは旋風《つむじ》くんも潮《うしお》ちゃんも同《おな》じようで、二人《ふたり》は頭上《ずじょう》の恭哉《きょうや》くんに必死《ひっし》に話《はな》しかける。でも恭哉《きょうや》くんは騙《だま》された私達《わたしたち》が悪《わる》い……とでも言《い》いたげに、厳《きび》しい視線《しせん》を投《な》げかけてきた。

「リーダー……ね。と言《い》ってもたかが3日間《かかん》だけの繋《つな》がりだし。なんでボクがそんなものに縛《しば》られなきゃなんないの」

「恭哉《きょうや》！」

「実《じつ》はボクさ、昨日《きのう》の二択問題《にたくもんだい》でギロンパ様《さま》の下僕《げぼく》になるって答《こた》えを選《えら》んでたんだ」

「え？」

「同《おな》じ答《こた》えを選《えら》んだ奴《やつ》は他《ほか》にもいたけど、ギロンパ様《さま》はボクだけをそばに呼《よ》んだ。そしてボクの本気《ほんき》を確《たし》かめた後《あと》、約束《やくそく》してくれたんだ。ギロンパ様《さま》の言《い》うことを聞《き》けば、必《かなら》ずこの牢獄《ろうごく》から出《だ》してくれるって……ね」

「そん、な……っ！　ふ、ふざけんなよ!!」

今《いま》にも泣《な》きそうな旋風《つむじ》くんの絶叫《ぜっきょう》がこだました。

まさか……まさか恭哉《きょうや》くんがギロンパの手下《てした》になってしまうなんて……。

あまりのショックで、私《わたし》の呼吸《こきゅう》も止《と》まってしまいそうだ。

「美晴《みはる》ちゃん、どうしよう。扉《とびら》が開《あ》かない！　開《あ》かないよぅ!!」

背後《はいご》では涙目《なみだめ》の潮《うしお》ちゃんが必死《ひっし》に鉄格子《てつごうし》を掴《つか》んで揺《ゆ》らしてるけど、やっぱり人間《にんげん》の力《ちから》ではどうにもならないみたいだ。こうしている間《あいだ》にも、針《はり》のついた天井《てんじょう》は少《すこ》しずつ少《すこ》しずつ私達《わたしたち》に近《ちか》づいてる。

「どうして？　恭哉《きょうや》くん。自分《じぶん》を信《しん》じてる仲間《なかま》を裏切《うらぎ》ってまで生《い》き残《のこ》りたかったの？」

「美晴《みはる》、ちゃん……」

「恭哉《きょうや》くんは弱《よわ》い人《ひと》を助《たす》ける弁護士《べんごし》になりたいんでしょ？　なのにどうして!?」

私《わたし》は悲《かな》しい想《おも》いの全《すべ》てをぶつけるように、恭哉《きょうや》くんに向《む》かって叫《さけ》んだ。

すると恭哉《きょうや》くんはくしゃりと顔《かお》を歪《ゆが》め、かすれ気味《ぎみ》の声《こえ》で答《こた》える。

「だからだよ！　ボクはいつか大人《おとな》になった時《とき》、たくさんの人《ひと》を助《たす》ける立派《りっぱ》な弁護士《べんごし》になる。そのために多少《たしょう》の犠牲《ぎせい》は仕方《しかた》ないんだ！」

「……えっ⁉」

「ボクはこの先《さき》も生《い》き延《の》びて、百人《ひゃくにん》……いや千人《せんにん》、一万人《いちまんにん》と、たくさんの人《ひと》を救《すく》う。必《かなら》ず救《すく》うと約束《やくそく》する！　だからその人達《ひとたち》のためにここで死《し》んでよ、美晴《みはる》ちゃん！」

「きょ、恭哉《きょうや》く……っ」

あくまでも自分《じぶん》を正当化《せいとうか》しようとする恭哉《きょうや》くんの言《い》い分《ぶん》は、真面目《まじめ》な彼《かれ》ならではの超理《ちょうり》論《ろん》だった。確《たし》かに私《わたし》よりも恭哉《きょうや》くんみたいに優秀《ゆうしゅう》な人間《にんげん》が生《い》き延《の》びたほうが、将来《しょうらい》世の中《よなか》の役《やく》に立《た》つ可能性《かのうせい》が高《たか》い。自分《じぶん》と他人《たにん》の命《いのち》を天秤《てんびん》にかけた時《とき》、自分《じぶん》の命《いのち》のほうが価値《かち》がある……と恭哉《きょうや》くんは判断《はんだん》したんだろう。

「ふざけんな、恭哉《きょうや》。オレもこんなとこで死《し》にたくない！　死《し》にたくないんだよぉ！」

旋風《つむじ》くんはガシガシと鉄格子《てつごうし》を叩《たた》いて抵抗《ていこう》した。だけど恭哉《きょうや》くんの眼差《まなざ》しは相変《あいか》わらず冷《つめ》たくて鋭《するど》いまま。その瞳《ひとみ》は、何《なに》かの毒《どく》に侵《おか》されたよう。

そうだ、多分《たぶん》恭哉《きょうや》くんはカチコッチとは別《べつ》の毒《どく》をギロンパに流《なが》されてしまったんだ。

それは体《からだ》じゃなく、心《こころ》を凍《こお》らせる猛毒《もうどく》。

誰《だれ》よりも熱《あつ》い夢《ゆめ》を持《も》つ恭哉《きょうや》くんだからこそ、いつの間《ま》にかその毒《どく》に侵《おか》されてしまった。

そして私達《わたしたち》はそのことに気《き》づけなかった――！

「無理《むり》だよ、旋風《つむじ》。元々《もともと》ギルティゲームは誰《だれ》も生《い》き残《のこ》れないゲームなんだ。だからボクもギロンパ側《がわ》につく決心《けっしん》をしたんだから」

「誰《だれ》も生《い》き残《のこ》れない？　それってどういうことだよ!?」

恭哉《きょうや》くんはふっと口《くち》の端《はし》を斜《なな》めに上《あ》げると、私達《わたしたち》の知《し》らなかった真相《しんそう》を語《かた》りだした。

「何《なに》も知《し》らないまま死《し》ぬのはかわいそうだから教《おし》えてあげるね。美晴《みはる》ちゃん。元々《もともと》ギロンパは、最終日《さいしゅうび》まで君《きみ》だけは確実《かくじつ》に生《い》かすつもりだったんだよ」

「え？」

「そうじゃないとゲームが面白《おもしろ》くないからっていう理由《りゆう》でさ。笑《わら》っちゃうよね。まるでネズミをいたぶる猫《ねこ》みたいに、奴《やつ》は美晴《みはる》ちゃんが苦《くる》しむ様子《ようす》を見《み》て楽《たの》しんでたんだ」

「――」

恭哉《きょうや》くんの言葉《ことば》が頭《あたま》の中《なか》でぐるぐる回《まわ》り、私《わたし》の思考《しこう》をぐちゃぐちゃにしていった。

元々《もともと》ギロンパは私《わたし》だけは最終日《さいしゅうび》まで生《い》かすつもりだった？

何《なに》それ？　しかもなんで私《わたし》なの？

「ギルティゲームは美晴《みはる》ちゃん、元々君《もともときみ》を抹殺《まっさつ》するために開催《かいさい》されたゲームなんだよ」

「えっ!?」

「いや、正確《せいかく》には美晴《みはる》ちゃんと、未来《みらい》で美晴《みはる》ちゃんをサポートする仲間達《なかまたち》を抹殺《まっさつ》するゲーム……と言《い》ったほうが正《ただ》しいかな。つまりゲーム初日《しょにち》に配《くば》られた手配書《てはいしょ》も、全部《ぜんぶ》ギロンパのでっち上《あ》げなんだ」

「…………っ!」

でっち上《あ》げ!? つまり全部《ぜんぶ》ウソってこと?

「……そ、そんな!」

恭哉《きょうや》くんの口《くち》から語《かた》られる真実《しんじつ》に、私《わたし》は限界《げんかい》まで目《め》を見開《みひら》いた。

──私《わたし》を抹殺《まっさつ》するためのゲーム!? ギルティゲームが!?

まさか私《わたし》を殺《ころ》すためだけに、こんな残酷《ざんこく》なゲームが仕掛《しか》けられたなんて……。

ウソだ……ウソだよ、そんなの。信《しん》じられない!

だってもしそれが本当《ほんとう》なら、みんなは私《わたし》の巻《ま》き添《ぞ》えで死《し》んだことになる……。

(それにどうして私《わたし》? 私《わたし》なの? だって私《わたし》は平凡《へいぼん》な小学生《しょうがくせい》なのに……)

そんな疑問《ぎもん》が顔《かお》に出《で》てたのか、恭哉《きょうや》くんは私《わたし》の思考《しこう》を先読《さきよ》みして答《こた》えてくれる。

「確《たし》かに今《いま》の君《きみ》はただの小学生《しょうがくせい》。でも美晴《みはる》ちゃんは将来優秀《しょうらいゆうしゅう》なお医者《いしゃ》さんになって、カチコッチの解毒剤《げどくざい》を開発《かいはつ》するんだ」

「カチコッチの解毒剤《げどくざい》!?」

「み、美晴《みはる》ちゃんが……!?」

「そう、その解毒剤《げどくざい》――ヤワラカッチのせいで、ギロンパ様《さま》が創《つく》り上《あ》げたギロンパ帝国《ていこく》が崩壊《ほうかい》してしまうんだ。君《きみ》はヤワラカッチを使《つか》ってカチコッチでカチコチに固《かた》められた人達《ひとたち》を次々《つぎつぎ》と蘇《よみがえ》らせ――未来《みらい》の日本《にほん》の救世主《きゅうせいしゅ》になるんだよ」

「……っ！」

――だからギロンパはどうしても子供《こども》のうちに君《きみ》を殺《ころ》したかったのさ。

恭哉《きょうや》くんの口《くち》から語《かた》られる真相《しんそう》は、私《わたし》の想像《そうぞう》を遥《はる》かに超《こ》えていた。

そんなまさか……。まさか私《わたし》が未来《みらい》の救世主《きゅうせいしゅ》だなんて！　そんなことあり得《え》ないし、救《きゅう》世主《せいしゅ》になった自分《じぶん》の姿《すがた》なんてとてもじゃないけど想像《そうぞう》できない。

だけどもしそれが本当《ほんとう》なら、やっぱりギロンパは正義《せいぎ》の味方《みかた》なんかじゃなかった。

ううん、むしろカチコッチを利用《りよう》して『ギロンパ帝国《ていこく》』なんて怪《あや》しい国《くに》を作《つく》っていたなら、ギロンパのほうが悪人《あくにん》じゃないか！

「てことは美晴《みはる》は絶対死《ぜったいし》んだらダメじゃん！　だめだ、こいつは絶対殺《ぜったいころ》させねー！」

「え!?」

「そうですぅっ！　美晴《みはる》ちゃんは絶対死《ぜったいし》んじゃダメなんですぅ！」

その時《とき》、私《わたし》を庇《かば》うように前《まえ》に進《すす》み出《で》たのは……旋風《つむじ》くんと潮《うしお》ちゃんだった。

二人《ふたり》は恭哉《きょうや》くん相手《あいて》に、必死《ひっし》に食《く》い下《さ》がる。

「オレ、足《あし》の速《はや》さしか取《と》り柄《え》ないけどさ、美晴《みはる》のピンチにはいつでも駆《か》けつけられるような人間《にんげん》になる！　もう疾風《はやて》みたいな犠牲者《ぎせいしゃ》は出《だ》したくねぇんだ！」

「潮《うしお》もです。麻耶《まや》ちゃんだって生《い》きていれば絶対美晴《ぜったいみはる》ちゃんを助《たす》けようとしたはずです！」

「ふ、二人《ふたり》とも……」

旋風《つむじ》くんと潮《うしお》ちゃんの勢《いきお》いに押《お》されたのか、恭哉《きょうや》くんは辛《つら》そうに顔《かお》を歪《ゆが》める。

「ボクだって最初《さいしょ》はそう思《おも》った。だけど無理《むり》なんだ。子供《こども》のボク達《たち》じゃこのゲームから抜《ぬ》け出《だ》せない。生《い》き延《の》びるためにはギロンパに従《したが》うしかないんだ！」

「そんなのやってみなきゃわかんねー！　みんなで力《ちから》を合《あ》わせれば何《なん》とかなるって！」

「そうです、考《かんが》え直《なお》して下《くだ》さい！　このギルティゲームに巻《ま》き込《こ》まれたってことは、恭哉《きょうや》くんも美晴《みはる》ちゃんの未来《みらい》の仲間《なかま》だってことでしょう⁉」

「…………っ！　そ、それは……っ」

「う、潮《うしお》ちゃん、旋風《つむじ》くん……」

潮《うしお》ちゃんと旋風《つむじ》くんの必死《ひっし》の説得《せっとく》に、恭哉《きょうや》くんの心《こころ》は揺《ゆ》れ始《はじ》めたようだ。

たかが3日《か》。だけどずっと仲間《なかま》だった。みんな一緒《いっしょ》に生《い》き残《のこ》ろうと約束《やくそく》した。

だから――……。だから恭哉《きょうや》くん、お願《ねが》い。優《やさ》しいあなたにもう一度《いちど》戻《もど》って……！

『グフフフッ、やっぱり裏切《うらぎ》り者《もの》はダメだロン。一度《いちど》裏切《うらぎ》ったら二度《にど》も三度《さんど》も平気《へいき》で裏《うら》切《ぎ》るロンからなー☆』

「！」

最悪《さいあく》のタイミングで、ギロンパが私達《わたしたち》の会話《かいわ》に割《わ》り込《こ》んできた。

鏡《かがみ》にギロンパの顔《かお》がいくつも浮《う》かび上《あ》がったかと思《おも》うと、恭哉《きょうや》くんの首輪《くびわ》が急激《きゅうげき》に光《ひか》りだす。恭哉《きょうや》くんに罰《ばつ》を下《くだ》すため、カチコッチのスイッチが入《い》れられたのだ。

「う、うわぁぁ――っ！　そんな……そんなギロンパ様《さま》ぁっ!!」

「きょ、恭哉《きょうや》くんっ!!」

『深海恭哉《ふかみきょうや》くん、ギロンパの代《か》わりに長《なが》ったらしい種明《たねあ》かしをしてくれてありがとロン。でもまぁ、元々裏切《もともとうらぎ》り者《もの》は始末《しまつ》するつもりだったしぃ。おまえはもう用済《ようず》みだロン♪』

「な、なんだって!?　だからあんなに詳《くわ》しく本当《ほんとう》のことをペラペラとボクに……。うっ、うぐぅぅぅ……っ！」

「恭哉《きょうや》くん、しっかりして！」

私《わたし》は手《て》の届《とど》かない位置《いち》にいる恭哉《きょうや》くんに向《む》かって叫《さけ》んだ。だけど恭哉《きょうや》くんのキレイな顔《かお》はあっという間《ま》に土気色《つちけいろ》に染《そ》まり、足《あし》、腰《こし》、胴《どう》、腕《うで》、と順々《じゅんじゅん》に硬直《こうちょく》していってしまう。

「ご、ごめん、美晴《みはる》ちゃん。やっぱりボクが……間違《まちが》ってたみたい、だ……」

「きょ、恭哉《きょうや》く……」

「お願《ねが》いだ。逃《に》げて……。ボ、ボクの代《か》わりに、君《きみ》が……。ギロンパの魔《ま》の手《て》からたくさんの人《ひと》を救《すく》って……、うっ、あぁぁぁ――――っっ!!」

「恭哉《きょうや》！」

「恭哉《きょうや》く――ん!!」

「……っ！　い、いやぁぁぁ――っ!!」

――どうか逃《に》げて、美晴《みはる》ちゃん……。

その言葉《ことば》を最後《さいご》に、恭哉《きょうや》くんは96人目《にんめ》のカチコッチの犠牲者《ぎせいしゃ》となってしまった。

ダビデ像《ぞう》のようにキレイで神々《こうごう》しい恭哉《きょうや》くんの姿《すがた》……。

だけどその瞳《ひとみ》に、光《ひかり》が戻《もど》ることは……二度《にど》とない。

彼《かれ》を助《たす》けられなかったことに絶望《ぜつぼう》した私《わたし》は、ガクリと膝《ひざ》から崩《くず》れ落《お》ちた。

裏切《うらぎ》られたとは言《い》え、恭哉《きょうや》くんは私《わたし》にとって憧《あこが》れの存在《そんざい》だった。

こんなゲームに巻《ま》き込《こ》まれさえしなければ、きっと彼《かれ》は優《やさ》しくカッコいい王子《おうじ》のままでいられたはずなのに……。

彼《かれ》を騙《だま》し、私達《わたしたち》を裏切《うらぎ》らせたギロンパが許《ゆる》せなくて、私《わたし》は怒《いか》りを爆発《ばくはつ》させた。

「ひどい……ひどいよ、ギロンパ！　私《わたし》を殺《ころ》したいなら殺《ころ》せばいいじゃない！　なんでみんなを巻《ま》き込《こ》むの⁉」

『だって美晴《みはる》ちゃんには死《し》ぬより苦《くる》しい思《おも》いを味《あじ》わってもらわなきゃ、ギロンパの腹《はら》の虫《むし》がおさまらないんだロン』

「え⁉」

『ねぇ、今《いま》どんな気持《きも》ち？　どんな気持《きも》ち？　自分《じぶん》のせいで100人近《にんちか》くの人間《にんげん》が死《し》んだなんて辛《つら》いでしょ？　悲《かな》しいでしょ？　申《もう》し訳《わけ》なくてたまらないでしょ？　そうそう、その顔《かお》！　美晴《みはる》ちゃんが心《こころ》から絶望《ぜつぼう》する顔《かお》を見《み》たかったんだローン♪』

「ギ、ギロンパ……！」

ギロンパのウキャキャーという甲高《かんだか》い声《こえ》が、再《ふたた》び耳《みみ》の奥《おく》で反響《はんきょう》した。

ギロンパは未来《みらい》の敵《てき》である私《わたし》が憎《にく》くて、こんな残酷《ざんこく》なゲームを企画《きかく》した。

そして今《いま》、その目的《もくてき》は達成《たっせい》されようとしている。

『さぁて、種明《たねあ》かしをしたところで、そろそろタイムオーバーだロン。どうせお宝《たから》は見《み》つけられないんだしぃ、美晴《みはる》ちゃん、そろそろ死《し》・ん・で♪』

ギロンパは当初《とうしょ》の目的通《もくてきどお》り、私《わたし》の処刑《しょけい》を執行《しっこう》しようとキラリと目《め》を光《ひか》らせた。

太《ふと》い針《はり》のついた天井《てんじょう》がギリギリと不気味《ぶきみ》な音《おと》を立《た》て、頭上《ずじょう》すれすれまで近《ちか》づいている。

天井《てんじょう》が下《お》りきって私達《わたしたち》を串刺《くしざ》しにするまで――きっと残《のこ》り30秒《びょう》。

「み、美晴《みはる》ちゃぁん！」

「くそぅっ、こんなとこで死《し》ぬのかよっ⁉」

「………っ！」

旋風《つむじ》くんと潮《うしお》ちゃんは、私《わたし》に掴《つか》まりながら恐怖《きょうふ》のあまりぎゅっと目《め》を閉《と》じた。

私《わたし》もなんとかしなきゃと焦《あせ》るものの、恐怖《きょうふ》で震《ふる》えて動《うご》けない。

今度《こんど》こそダメだ。ここから逃《に》げる方法《ほうほう》なんて見《み》つからないよ……！

そう思《おも》い、諦《あきら》めかけた――その時《とき》。

『もし何《なに》かあったら、ここの稲妻《いなずま》のアイコンをタップして』

とっさに私《わたし》は思《おも》い出《だ》した。ライくんに手渡《てわた》されたスマホのことを。

「もしかしたら、これ……！」

素早《すばや》くポケットからスマホを取《と》り出《だ》し、一《いち》か八《ばち》かで稲妻《いなずま》のアイコンを急《いそ》いでタップする。

すると――

『う、うぎゃあぁぁぁ―――っ!!』

突然《とつぜん》バリバリっと大《おお》きな火花《ひばな》が散《ち》ったかと思《おも》うと、ギロンパの悲鳴《ひめい》が上《あ》がった。四方《しほう》の鏡《かがみ》がガシャガシャと大《おお》きな音《おと》を立《た》てて割《わ》れ、室内《しつない》には雷《かみなり》のような大量《たいりょう》の電磁波《でんじは》が発生《はっせい》する。

私達《わたしたち》を串刺《くしざ》しにしようとしていた天井《てんじょう》も電磁波《でんじは》に弱《よわ》いのか、地上《ちじょう》1メートルの所《ところ》で止《と》まる。

「今《いま》だ、こっちに向《む》かって走《はし》れ！　鉄格子《てつごうし》は開《あ》けてある！」

「！」

鉄格子《てつごうし》の先《さき》を見《み》ると、そこにはライくんの姿《すがた》があった。

けたたましいアラート音《おん》が鳴《な》り響《ひび》く中《なか》、私達《わたしたち》は立《た》ち上《あ》がりライくんめがけて一斉《いっせい》に走《はし》り出《だ》す。

「ライくん！」

「こっちだ、急《いそ》げ！」

「う、おぉぉぉ〜〜〜っ！」

まさに間一髪《かんいっぱつ》！　私達《わたしたち》3人《にん》は閉《と》じ込《こ》められていたミラー部屋《べや》から脱出《だっしゅつ》できた。ライくんに助《たす》けられたのだ。

「ごめん、遅《おく》れて。恭哉《きょうや》が盗《ぬす》んでいったタブレットに追跡《ついせき》アプリを仕込《しこ》んでおいたから、そっちの位置情報《いちじょうほう》は把握《はあく》してたんだけど……でも間《ま》に合《あ》わなかった。恭哉《きょうや》を助《たす》けられなかった……」

「ライくん、恭哉《きょうや》くんがタブレット盗《ぬす》んでたの、気《き》づいてたんだ!?」

「ライが悪《わる》いわけじゃねぇよ。オレ達《たち》のほうこそ……悪《わる》かったな！」

旋風《つむじ》くんは半《はん》べそになって、ライくんの肩《かた》をバンバンと叩《たた》いた。

こうしている間《あいだ》もウーウーとアラーム音《おん》が鳴《な》り響《ひび》いている。

ライくんは先頭《せんとう》に立《た》ち、「とにかくこの場《ば》を離《はな》れよう」と走《はし》り出《だ》した。

「昨日《きのう》からなんかこのゲーム自体《じたい》が怪《あや》しいと思《おも》って、いざって時《とき》のために単独《たんどく》で動《うご》いてたんだ」

「そうだったんだ……」

「でもまさか恭哉《きょうや》が裏切《うらぎ》るなんて……。いやな予感《よかん》ほど当《あ》たるもんだな」

「ライくん……」

ライくんは珍《めずら》しく悲《かな》しそうに顔《かお》をくしゃりと歪《ゆが》め、下《した》を向《む》いた。

「それにしてもこれ、なんだ？　牢獄《ろうごく》のあちこちからバチバチ火花《ひばな》が散《ち》ってるけど」

「ギロンパが言《い》ってたろ。この牢獄《ろうごく》は未来《みらい》のナノテクノロジーによって作《つく》られてるって。

つまりオレ達《たち》を取《と》り囲《かこ》む全《すべ》てが小《ちい》さなコンピューターの集《あつ》まりなんだ。だからここのメインシステムに侵入《しんにゅう》してプログラムをいじって暴走《ぼうそう》させた。火花《ひばな》みたいにバチバチ光《ひか》ってるのは大量《たいりょう》の電磁《でんじ》ノイズ。これのせいでコンピューターがくるいだしたんだ」

「ライくん、すごい！」

私《わたし》はありとあらゆる可能性《かのうせい》を見越《みこ》して先手《せんて》を打《う》ったライくんを心《こころ》から尊敬《そんけい》した。

さっきのスマホの稲妻《いなずま》のアイコンも、その電磁《でんじ》ノイズ……とかの応用《おうよう》なんだろう。

ハッカーのライくんが味方《みかた》である……ということが、私達《わたしたち》にとっては唯一《ゆいいつ》のアドバンテージだ。今度《こんど》こそ４人揃《にんそろ》って、ギルティゲームから脱出《だっしゅつ》したい。

「それと免罪状《めんざいじょう》だけどメインシステム室《しつ》にある可能性《かのうせい》が高《たか》い」

「メインシステム室《しつ》？」

「そう、データマップには表示《ひょうじ》されないけど、東《ひがし》エリアの1階《かい》と2階《かい》の死角《しかく》にデッドゾーン……つまり秘密《ひみつ》の部屋《へや》があるっぽいんだ」

「すげぇ！　さすがライ！」

ライくんの調査《ちょうさ》によって、いよいよ免罪状《めんざいじょう》の在《あ》りかが判明《はんめい》した。あのギロンパがルール通《どお》りに私達《わたしたち》を解放《かいほう》するとは思《おも》えないけれど、今《いま》はとにかくメインシステム室《しつ》へと突《つ》き進《すす》むしかない。

「よし、行《い》こう！　ライくん、案内《あんない》してくれる？」

「……、ついてきて」

「み、みんな一緒《いっしょ》に生《い》き残《のこ》りましょーね！」

「おう！」

こうして私達《わたしたち》は『牢獄《ろうごく》からの脱出《だっしゅつ》』という目的《もくてき》で心《こころ》が一《ひと》つになった。

でもその直後《ちょくご》、背後《はいご》の壁《かべ》がドカンッと大《おお》きく蹴破《けやぶ》られる。

「ふ、ふざけるなぁ――！　そうは問屋《とんや》がおろさないローン!!」

「！」

「ニガ、逃《に》がさないぞ…北上美晴《きたかみみはる》るルル……。おまおまおまオマエが生《い》きイキイキてると、ボボボボクの理想郷《りそうきょう》ガガガガ……っ！」

「ギロンパ！」

私達《わたしたち》の行《ゆ》く手《て》を阻《はば》もうと大量《たいりょう》の土煙《つちけむり》と共《とも》に現《あらわ》れたのは……もちろんギロンパだ。

ギロンパは私達《わたしたち》の逃走《とうそう》を阻止《そし》するため、通路《つうろ》いっぱいに立《た》ちふさがる。

「喰《く》らえぇぇーっ、ギロンパのハイパースペシャルストロングパァアーンチ！」

「きゃあぁぁ――っ！」

ブンッと風《かぜ》を唸《うな》らせ、丸太《まるた》のようなギロンパの腕《うで》が私達《わたしたち》めがけて振《ふ》り下《お》ろされた。

当《あ》たる！　と思《おも》って、とっさに身構《みがま》えるけど――


――スカッ！


あれだけ俊敏《しゅんびん》に動《うご》いていたはずのギロンパのパンチは……なぜか空《くう》を切《き》った。

パンチのスピードが遅《おそ》すぎて、潮《うしお》ちゃんでさえあっさり避《よ》けることができる。

「あ、あれ？」

「な、なんだ？　どうしてこんなに体《からだ》が重《おも》いロン？」

私達《わたしたち》はもちろんのこと、ギロンパの頭《あたま》の上《うえ》にも大量《たいりょう》のはてなマークが浮《う》かんだ。

よく見《み》ればギロンパの体《からだ》のあちこちからは黒《くろ》い煙《けむり》がもうもうと立《た》ち上《のぼ》っていて、ピーピーと警告音《けいこくおん》が鳴《な》っている。もしかしたらギロンパの着《き》ぐるみはシステムエラーを起《お》こしているのかもしれない。

「く、くっそぅ！　なんでこんな時《とき》にボクのハイパーモビルスーツが……!?」

「残念《ざんねん》だったな、ギロンパ。ハイパーモビルスーツも所詮《しょせん》はコンピューター。プログラムをいじられたらコントロールできなくなるのも当《あ》たり前《まえ》だろ！」

「！」

「そっか！　さっきのライの電磁波攻撃《でんじはこうげき》がまだ効《き》いてるんだな！」

「その通《とお》り！」

「ぬ、ぬわんだってぇ〜〜〜!?」

ライくんが挑発《ちょうはつ》すると、ギロンパの顔《かお》が沸騰《ふっとう》したヤカンのように赤《あか》くなった。

怒《いか》りで我《われ》を忘《わす》れたギロンパは、とうとう口調《くちょう》を取《と》り繕《つくろ》うことさえ忘《わす》れてしまう。

「くっ、この……大井雷太《おおいらいた》ぁ！　やっぱり北上美晴《きたかみみはる》より先《さき》に、目障《めざわ》りなおまえを始末《しまつ》しておくべきだったぁぁ――――っ!!」

「今《いま》だ、逃《に》げろ！」

ライくんの号令《ごうれい》と同時《どうじ》に、私達《わたしたち》は再《ふた》び一斉《いっせい》に走《はし》り出《だ》した。

ギロンパの動《うご》きが鈍《にぶ》いうちに、とにかくメインシステム室《しつ》へ！

最後《さいご》のチャンスに賭《か》け、私達《わたしたち》は死《し》に物狂《ものぐる》いで牢獄《ろうごく》の中《なか》を駆《か》けていく。

「クックックッ、逃《に》がさないぞ……おまえら……。ボクの理想《りそう》を叶《かな》えるためにおまえらは絶対《ぜったい》ここで殺《ころ》す……!!　しかも絶対楽《ぜったいらく》には死《し》なせない!!」

ギロンパはガシャン、ガシャンと重《おも》い体《からだ》を引《ひ》きずりながら、とうとう最後《さいご》の手段《しゅだん》に出《で》た。

「こうなったら牢獄《ろうごく》ごとおまえらを抹殺《まっさつ》してやる！　元々《もともと》ここは北上美晴《きたかみみはる》の棺桶《かんおけ》として用意《ようい》した施設《しせつ》だからな！」

ギロンパの怒鳴《どな》り声《ごえ》と同時《どうじ》に、建物全体《たてものぜんたい》が大《おお》きく揺《ゆ》れて低《ひく》い爆発音《ばくはつおん》が響《ひび》いた。

廊下《ろうか》のあちこちから火《ひ》が吹《ふ》き出《だ》し、ガラガラと建物《たてもの》が崩《くず》れ始《はじ》める。

「げっウソだろ⁉　まさかこれって……爆弾《ばくだん》⁉」

「たぶん牢獄《ろうごく》の自爆《じばく》システムを起動《きどう》させたんだ。急《いそ》がないとやばい‼」

「うきゃあぁぁぁっ！」

天井《てんじょう》や壁《かべ》がガラガラと壊《こわ》れていく中《なか》、私達《わたしたち》は猛《もう》スピードで走《はし》った。4階《かい》から3階《かい》、2階《かい》へと下《お》り、ライくんに続《つづ》きメインシステム室《しつ》までの最短距離《さいたんきょり》を突《つ》き進《すす》む。

だけど途中《とちゅう》で一番体力《いちばんたいりょく》のない潮《うしお》ちゃんがつまずいてしまった。ゲーム初日《しょにち》みたいに天井《てんじょう》が崩《くず》れてきて、また瓦礫《がれき》の中《なか》に閉《と》じ込《こ》められそうになる。

「潮《うしお》ちゃん、大丈夫《だいじょうぶ》？　立《た》てる⁉」

「ご、ごめんなさい、潮《うしお》のことはいいからみんな逃《に》げてぇ……っ」

潮《うしお》ちゃんは泣《な》きべそをかきながら、通路《つうろ》の真《ま》ん中《なか》でうずくまった。1日目《にちめ》のようにみんなの足手《あしで》まといになるくらいならいっそ……と思《おも》ったのかもしれない。だけどそんな潮《うしお》ちゃんの腕《うで》を強《つよ》く引《ひ》っ張《ぱ》り上《あ》げたのは旋風《つむじ》くんだ。

「ざけんな！　ここまで来《き》て置《お》いていけるわけねぇだろ！」

「え⁉　で、でも……」

「疾風《はやて》の分《ぶん》までおまえを守《まも》る！　たまにはオレにもカッコつけさせろよ！」

「つ、旋風《つむじ》くん……。あ、ありがとう……っ！」

旋風《つむじ》くんは潮《うしお》ちゃんを強引《ごういん》におんぶすると、モーレツな勢《いきお》いで走《はし》り出《だ》した。

潮《うしお》ちゃんは旋風《つむじ》くんの肩《かた》にしがみつき、何度《なんど》も何度《なんど》もお礼《れい》を言《い》った。二人《ふたり》の姿《すがた》を見《み》ながら、私《わたし》の目頭《めがしら》もじんと熱《あつ》くなる。

ゲーム初日《しょにち》、旋風《つむじ》くんと疾風《はやて》くんは一度《いちど》は潮《うしお》ちゃんのことを見捨《みす》てたのに。

ギルティゲームの中《なか》で、私達《わたしたち》は成長《せいちょう》している。

「よし、あそこだ！」

「！」

崩《くず》れる瓦礫《がれき》を避《よ》けながら、メインシステム室前《しつまえ》に辿《たど》り着《つ》いた。

一見《いっけん》したところ、そこはなんの変哲《へんてつ》もない階段《かいだん》の踊《おど》り場《ば》。

少《すこ》し変《か》わっている点《てん》といえば、大理石《だいりせき》でできたギロンパの像《ぞう》が飾《かざ》ってあることくらい。

そのギロンパ像《ぞう》の鼻《はな》をポチッと押《お》すと、壁《かべ》が縦《たて》に割《わ》れて秘密《ひみつ》の階段《かいだん》が現《あらわ》れた！

まさかこんな所《ところ》に階段《かいだん》が隠《かく》されていたなんて……。

私達《わたしたち》は顔《かお》を見合《みあ》わせた後《あと》、急《いそ》いで階段《かいだん》を駆《か》け下《お》りた。

「うわっ、なんだここ⁉」

「ここがメインシステム室《しつ》？」

部屋《へや》の中《なか》に入《はい》ると、刑務所《けいむしょ》とは思《おも》えない光景《こうけい》が広《ひろ》がっていた。

キラキラと光《ひか》る巨大《きょだい》なシャンデリアに天蓋《てんがい》のついた豪華《ごうか》なベッド。

大理石《だいりせき》で作《つく》られた女神像《めがみぞう》や天使《てんし》が描《えが》かれた壁画《へきが》まである。

これがギロンパの秘密《ひみつ》の部屋《へや》？　それにしてもずいぶん悪趣味《あくしゅみ》……だよね。

呆気《あっけ》にとられる中《なか》、ライくんが部屋《へや》の奥《おく》を指《ゆび》さした。

「宝箱《たからばこ》はあそこだ！　あのテーブルの上《うえ》！」

「あっ！」

ギロンパは私達《わたしたち》がここに辿《たど》り着《つ》くとは思《おも》っていなかったのか、宝箱《たからばこ》は無防備《むぼうび》にテーブルの上《うえ》に置《お》かれていた。私達《わたしたち》は急《いそ》いで宝箱《たからばこ》に飛《と》びつく。

「ライくんどうしよう。これ、パスワードがかかってる！」

「任《まか》せろ！」

ライくんはすぐに壁際《かべぎわ》に並《なら》んだメインコンピューターと自分《じぶん》のノートパソコンを繋《つな》ぎ、パスワードを解析《かいせき》し始《はじ》める。

「よし、宝箱《たからばこ》を開《あ》けるパスワードは大文字《おおもじ》でＧＩＲＯＮＰＡ＠ＮＯ１《ジーアイアールオーエヌピーエーアットエヌオーワン》だ！」

「ＧＩＲＯＮＰＡ＠ＮＯ１《ジーアイアールオーエヌピーエーアットエヌオーワン》……だね！　ＧＩＲＯＮＰＡ＠ＮＯ１《ジーアイアールオーエヌピーエーアットエヌオーワン》……！」

ドカン、ドカンと外《そと》から爆発音《ばくはつおん》が響《ひび》く中《なか》、私《わたし》は震《ふる》える手《て》でパスワードを入力《にゅうりょく》していった。

ピーという電子音《でんしおん》と共《とも》に宝箱《たからばこ》が開《ひら》き、中《なか》から『Emergency《エマージェンシー》（緊急脱出用《きんきゅうだっしゅつよう》）』と書《か》かれた１枚《まい》のカードキーが飛《と》び出《だ》す。

「エマージェンシーカード？　……あ、そっか！　自分《じぶん》が逃《に》げる時《とき》のために、ここに保管《ほかん》してあったのかも……」

「そのカードをこっちに！」

カードキーを手渡《てわた》すと、ライくんはキーをカードリーダーに読《よ》み込《こ》ませた。すると自動《じどう》アナウンスが流《なが》れ始《はじ》める。

『セキュリティシステム、オールクリア。囚人《しゅうじん》に装着《そうちゃく》された全《すべ》てのカチコッチを解除《かいじょ》。並《なら》びに緊急避難路《きんきゅうひなんろ》をオープン。避難者《ひなんしゃ》の通行《つうこう》を許可《きょか》します』

――ガチャン。

メインコンピューターの表示《ひょうじ》が全《すべ》て緑《みどり》に変《か》わった瞬間《しゅんかん》、首《くび》にかかっていた重《おも》みがなくなり、私達《わたしたち》をあれほど苦《くる》しめていた首輪《くびわ》がゴロリと床《ゆか》に転《ころ》がった。

免罪状《めんざいじょう》のおかげで、ようやく私達《わたしたち》はカチコッチの恐怖《きょうふ》から解放《かいほう》されたのだ！

「ヒャッホウ！　カチコッチが取《と》れた！」

「あ、それにあそこ、出口《でぐち》みたいですぅ！」

正面《しょうめん》の壁《かべ》が大《おお》きく左右《さゆう》に開《ひら》き、通路《つうろ》の向《む》こうにヘリポートが現《あらわ》れた。

ギロンパのための脱出《だっしゅつ》ルートなんだろう。ヘリコプターは自動操縦《じどうそうじゅう》モードになっていて、勝手《かって》にプロペラが動《うご》き始《はじ》める。

『Caution《コーション》. Caution《コーション》.（警告《けいこく》、警告《けいこく》）。牢獄内《ろうごくない》の48カ所《しょ》で爆破《ばくは》による崩壊《ほうかい》を確認《かくにん》。これより緊急脱出《きんきゅうだっしゅつ》モードに移行《いこう》します。避難者《ひなんしゃ》はすぐに脱出用《だっしゅつよう》ヘリに搭乗《とうじょう》して下《くだ》さい』

「よし、行《い》こう！」

「うん！」

私達《わたしたち》は脱出《だっしゅつ》ヘリめがけて一斉《いっせい》に走《はし》り出《だ》した。背後《はいご》で警告音《けいこくおん》を鳴《な》らすメインコンピューターは、牢獄崩壊《ろうごくほうかい》までの時間《じかん》をカウントダウンしている。

全《すべ》てが終《お》わるまで――残《のこ》り１８０秒《びょう》。


「うぉぉおらぁぁ――っ！　誰《だれ》がおまえらを逃《に》がすかぁぁぁ――っ!!」

「……っ！　きゃあぁぁ――っ!!」

その時《とき》だった。ギロンパが壁《かべ》という壁《かべ》を突《つ》き破《やぶ》り、猛《もう》スピードで私達《わたしたち》の前《まえ》に突《つ》っ込《こ》んできたのは。

「死《し》ねぇぇぇ――っ、北上美晴《きたかみみはる》ぅぅぅ！」

「きゃ、きゃあぁぁぁ――――――！」

「危《あぶ》ない！」

ギロンパに捕《つか》まりそうになった私《わたし》をかばうため、ライくんが私《わたし》をドンッと突《つ》き飛《と》ばした。だけど代《か》わりにライくんがギロンパに捕《つか》まってしまい、大《おお》きな拳《こぶし》でギリギリと強《つよ》く締《し》め上《あ》げられる。ギロンパの右腕《みぎうで》は、いつの間《ま》にか普段《ふだん》の２倍以上《ばいいじょう》に大《おお》きく変形《へんけい》していた。

「うぐっ！　が、は……っ！」

「い、いやぁぁ――っ、ライくん！」

ライくんを掴《つか》んだギロンパには、一切《いっさい》の容赦《ようしゃ》がなかった。空中《くうちゅう》で足《あし》をバタつかせるライくんを拳《こぶし》でギリギリと握《にぎ》り潰《つぶ》し、苦痛《くつう》に歪《ゆが》む表情《ひょうじょう》を楽《たの》しんでる。

ライくんを人質《ひとじち》に取《と》られてしまったら、私達《わたしたち》もその場《ば》を動《うご》けない。

爆炎《ばくえん》が舞《ま》い上《あ》がる中《なか》、私《わたし》とギロンパは正面《しょうめん》から睨《にら》み合《あ》う形《かたち》になった。

「ふっふっふっ、もう逃《に》がさないぞ、北上美晴《きたかみみはる》に大井雷太《おおいらいた》。おまえら二人《ふたり》、何度《なんど》もボクの理想郷《りそうきょう》の邪魔《じゃま》ばかりしやがって……！」

「く、くそ……っ！」

ライくんが隙《すき》を見《み》て手《て》に持《も》ったスマホを操作《そうさ》してなんとかもう一度《いちど》セキュリティシステムにアタックしてみるけど……。

「ざーんねん。もう電磁波《でんじは》は効《き》かないよ。対電磁波用《たいでんじはよう》のシールドを張《は》ったからね」

「くっ……」

と、ギロンパは余裕《よゆう》しゃくしゃくの態度《たいど》だ。

「ハッキングを禁止《きんし》すればおまえなんてただのコンピューターオタク。最初《さいしょ》からボクの敵《てき》じゃないんだよーだ♪　アッハーッハーッ」

ライくんを捕《つか》まえたまま高笑《たかわら》いするギロンパ。

「く……っ、オレのことはいいからおまえたちは逃《に》げろ！　このままじゃ全員共倒《ぜんいんともだお》れだ!!」

「で、でもライくん……っ」

私《わたし》は首《くび》を横《よこ》に振《ふ》りながら、ライくんに向《む》かって手《て》を伸《の》ばした。

そんなこと、できるはずないよ！

そう返事《へんじ》をしようとしたのに、私《わたし》の言葉《ことば》はライくんの次《つぎ》の叫《さけ》びでかき消《け》されてしまう。

「美晴《みはる》っ!!」

「！」

──この大《だい》ピンチの最中《さなか》、ライくんは初《はじ》めて──

初《はじ》めて私《わたし》の名前《なまえ》を呼《よ》んだ。美晴《みはる》……って。

ただそれだけのことなのに、私《わたし》の心臓《しんぞう》はまるで一気《いっき》に爆発《ばくはつ》したみたいにドキドキして、顔《かお》も真《ま》っ赤《か》になった。

「ラ、ライく……」

「旋風《つむじ》、美晴《みはる》と潮《うしお》を連《つ》れて逃《に》げろ！　おまえ達《たち》だけでも絶対《ぜったい》生《い》き延《の》びるんだ‼」

「！」

ライくんは旋風《つむじ》くんに向《む》かって、自分《じぶん》を見捨《みす》てろと叫《さけ》ぶ。

こうしている間《あいだ》にも牢獄内《ろうごくない》のあちこちが崩《くず》れ、激《はげ》しい爆風《ばくふう》がメインシステム室《しつ》にも届《とど》きそうだ。一足早《ひとあしはや》くヘリに乗《の》り込《こ》んでいた旋風《つむじ》くんが、オロオロしながら私《わたし》を急《せ》かす。

「どうする、美晴《みはる》？　もう時間《じかん》がねぇぞ！」

「……っ」

旋風《つむじ》くんに尋《たず》ねられた瞬間《しゅんかん》に──私《わたし》の覚悟《かくご》は決《き》まった。

炎《ほのお》で服《ふく》が焼《や》け焦《こ》げ、顔《かお》が煤《すす》だらけになっても、私《わたし》は目《め》の前《まえ》のギロンパとライくんから目《め》を逸《そ》らしはしない。

「私《わたし》……逃《に》げない！　このままライくんを置《お》いていくなんてこと、絶対《ぜったい》しない！　私《わたし》はギロンパなんかに負《ま》けないいんだからっ‼」

「美晴《みはる》っ⁉」

「ふーん、じゃあ死《し》んでもらうよ？」

私《わたし》の決死《けっし》の覚悟《かくご》を、ギロンパは軽《かる》く鼻《はな》で笑《わら》い飛《と》ばした。ライくんもくしゃりと眉根《まゆね》を歪《ゆが》め、悲《かな》しそうにかぶりを振《ふ》る。

「頼《たの》む、美晴《みはる》、逃《に》げてくれ！　オレのことはもういいから……」

「いやだよ、私《わたし》、ここでライくんを見捨《みす》てて逃《に》げたら、きっと一生後悔《いっしょうこうかい》する。たった一人《ひとり》の人間《にんげん》を助《たす》けられない人間《にんげん》が、どうして大勢《おおぜい》の人《ひと》を救《すく》うことができるの⁉　だから私《わたし》……最後《さいご》まで諦《あきら》めないっ！」

「！」

死《し》の恐怖《きょうふ》が目《め》の前《まえ》に迫《せま》る中《なか》、私《わたし》は声《こえ》の限《かぎ》り叫《さけ》んだ。

だって逃《に》げたくない。逃《に》げたくないよ。

なんの力《ちから》も持《も》たない私《わたし》にとって……勇気《ゆうき》は唯一《ゆいいつ》の武器《ぶき》だから。

「み、美晴《みはる》……」

「なるほどねぇ。やっぱり美晴《みはる》ちゃんは大井雷太《おおいらいた》を見捨《みす》てられないかぁ。そうだよねぇ。なんてったって二人《ふたり》は、未来《みらい》で結婚《けっこん》するほどの仲《なか》だからねぇ？」

「えっ⁉」

「な、なんだって⁉」

わ、私《わたし》とライくんが……結婚《けっこん》⁉

それってつまり——ライくんは未来《みらい》の私《わたし》の旦那様《だんなさま》……ってこと⁉

いきなりとんでもない事実《じじつ》を告《つ》げられて、私《わたし》はあわあわと動揺《どうよう》してしまう。

「なっ、なっ、それ、本当《ほんとう》なの、ギロンパ⁉」

「おおっと、ボクとしたことが口《くち》が滑《すべ》っちゃったな。でももうそんなこと、どうでもいいよね。だっておまえらはここでくたばるんだから……」

「やめろっ！　美晴《みはる》に手《て》を出《だ》すな、ギロンパ！」

ライくんはギロンパを止《と》めようと、拳《こぶし》の中《なか》でジタバタと暴《あば》れた。対《たい》する私《わたし》はじりじりとヘリポートの隅《すみ》へと追《お》い詰《つ》められていく。

ギロンパは私《わたし》を殺《ころ》せることがよっぽど嬉《うれ》しいのか、ニタニタと不気味《ぶきみ》に笑《わら》ってた。

だけどその背後《はいご》から近《ちか》づく——一《ひと》つの影《かげ》。

「……いいえ、くたばるのはギロンパ、あなたのほうです」

「ん？」

「てえええええええ――――――いっ!!」

「！」

大《おお》きな掛《か》け声《ごえ》と共《とも》にギロンパの後《うし》ろから襲《おそ》いかかったのは――今《いま》まで姿《すがた》を見《み》せなかった潮《うしお》ちゃんだ！　潮《うしお》ちゃんは近《ちか》くにあった大理石《だいりせき》でできた女神像《めがみぞう》をギロンパの後頭部《こうとうぶ》へと思《おも》いきり叩《たた》きつけたのだ！

「ぷぎゃぁあ――っ！」

潮《うしお》ちゃんの渾身《こんしん》のフルスイングはすっかり油断《ゆだん》してたギロンパにヒットし、勢《いきお》いよく前方《ぜんぽう》に吹《ふ》っ飛《と》ぶ。その勢《いきお》いでライくんもギロンパの手《て》の中《なか》から抜《ぬ》け出《だ》すことに成功《せいこう》した。

「そうか……物理攻撃《ぶつりこうげき》！　ハッキングが効《き》かないなら直接《ちょくせつ》オレ達《たち》の手《て》でギロンパを倒《たお》すんだ!!」

「！」

床《ゆか》に転《ころ》げ落《お》ちたライくんの言葉《ことば》に反応《はんのう》して、私《わたし》も近《ちか》くにあった鉄骨《てっこつ》を掴《つか》んだ。

確《たし》かにコンピューターを動《うご》かなくするのなら破壊《はかい》してしまうのが一番手《いちばんて》っ取《と》り早《ばや》い！

カチコッチという恐怖《きょうふ》がなくなった今《いま》だからこそ、真正面《ましょうめん》からギロンパと戦《たたか》えるんだ！

「余計《よけい》なことを。このギロンパ様《さま》がおまえらごときにやられるかぁっ！」

ギロンパは怪我《けが》のせいでうずくまるライくんに狙《ねら》いを定《さだ》め、ギラリと目《め》を血走《ちばし》らせる。

「ライくん、危《あぶ》ない！」

その時《とき》、私《わたし》は自分《じぶん》でも信《しん》じられないほど体《からだ》の奥底《おくそこ》から力《ちから》がみなぎるのを感《かん》じた。

(ライくんを……ライくんを絶対守《ぜったいまも》らなきゃ！)

今《いま》まで生《い》きてきた12年《ねん》の中《なか》で、私《わたし》は他人《たにん》と取《と》っ組《く》み合《あ》いのけんかなんて一度《いちど》もしたことはない。

だけどライくんを守《まも》るためならどんなことでも……。

大切《たいせつ》な人《ひと》を守《まも》るためなら、ギロンパと戦《たたか》うことだってできるような気《き》がした。

「ギロンパ、大人《おとな》しく私達《わたしたち》に倒《たお》されなさぁぁぁ――いっ！」

「な、なにぃ？」

ギロンパがライくんを襲《おそ》うより先《さき》に、私《わたし》はギロンパめがけて鉄骨《てっこつ》を振《ふ》り下《お》ろす！　突然《とつぜん》死角《しかく》から攻撃《こうげき》を受《う》けることになったギロンパは、私《わたし》の一撃《いちげき》を片手《かたて》で受《う》け止《と》めるのが精《せい》いっぱいだった。

「美晴《みはる》ちゃん、かがんで！」

「！」

私《わたし》に続《つづ》いて潮《うしお》ちゃんがギロンパめがけて、ドンッと体当《たいあ》たりした。

その攻撃《こうげき》でギロンパの王冠《おうかん》が宙《ちゅう》に吹《ふ》き飛《と》ぶ。

「ぐぬぬぬっ、お、おまえら1対《たい》2なんて卑怯《ひきょう》だぞ――っ！」

――ギロンパがそれを言《い》うか。

私《わたし》は心《こころ》の中《なか》で突《つ》っ込《こ》みながら、さらにギロンパを破壊《はかい》しにかかる。

ギロンパのハイパーモビルスーツが完全《かんぜん》な状態《じょうたい》なら1対《たい》2でも勝《か》ち目《め》はないけど、今《いま》のギロンパはライくんの電磁波攻撃《でんじはこうげき》のせいで本来《ほんらい》の力《ちから》を出《だ》せない。

仲間達《なかまたち》の命《いのち》を守《まも》るために、私《わたし》と潮《うしお》ちゃんは無我夢中《むがむちゅう》でギロンパと戦《たたか》った。

「さぁ、もう一発《いっぱつ》いきますよぉぉ！　えぇぇ――いっ！」

「ひぃぃぃ――っ！」

ギロンパが必死《ひっし》に両手《りょうて》でガードする中《なか》、潮《うしお》ちゃんは再《ふたた》び女神像《めがみぞう》を振《ふ》り下《お》ろし、それに合《あ》わせて私《わたし》も野球《やきゅう》のバッターみたいに思《おも》いっきり鉄骨《てっこつ》を振《ふ》り切《き》る！

「ギロンパ、いくら謝《あやま》っても、もう絶対許《ぜったいゆる》さないんだからぁぁ――っ!!」

「ぎぃやぁぁ――っ！」

――バキィィ――――――ンッ！

私《わたし》と潮《うしお》ちゃんの連係《れんけい》プレイによって、ギロンパのハイパーモビルスーツが爆発《ばくはつ》した。

さすがのギロンパもよろよろと瓦礫《がれき》の中《なか》に倒《たお》れ込《こ》み――今度《こんど》こそ完全《かんぜん》に動《うご》かなくなる。

「ぐへぇっ！　お、おまえら、ちょっと手加減《てかげん》しなさすぎだ……ロン」

「ハアッ、ハアッ、ハアッ……！」

「美晴《みはる》ちゃん、やりましたねっ！」

ギロンパを見下《みお》ろしながら、私《わたし》は荒《あら》い息《いき》を必死《ひっし》で整《ととの》えた。

――私達《わたしたち》が勝《か》った？　あのギロンパに？

あまりの興奮《こうふん》でアドレナリンが大放出《だいほうしゅつ》されているのか、心臓《しんぞう》のドキドキが止《と》まらない。

一方《いっぽう》、爆発《ばくはつ》が続《つづ》く牢獄内《ろうごくない》には『早《はや》く脱出《だっしゅつ》して下《くだ》さい。牢獄崩壊《ろうごくほうかい》30秒前《びょうまえ》。29、28、27……』という緊急《きんきゅう》アナウンスが流《なが》れていた。

「いくぞ、美晴《みはる》、潮《うしお》！」

「！」

汗《あせ》だくになった私《わたし》と潮《うしお》ちゃんの手《て》を引《ひ》っ張《ぱ》り、ライくんはヘリめがけて走《はし》り出《だ》す。

残《のこ》りあと15、14、13、12、11、10……。

脱出《だっしゅつ》ヘリに乗《の》り込《こ》むまでわずか5秒《びょう》！

「まだまだ逃《に》がさない……。この命《いのち》に代《か》えても北上美晴《きたかみみはる》は抹殺《まっさつ》するロン！」

最後《さいご》の悪《わる》あがきとばかりに、ギロンパはニタリと笑《わら》った。

真《ま》っ赤《か》な瞳《ひとみ》が光《ひかり》を失《うしな》ったと同時《どうじ》に、ギロンパの全身《ぜんしん》がカッと明《あか》るく輝《かがや》きだす。

「死《し》ねぇぇぇっ！　北上美晴《きたかみみはる》ぅぅぅぅ!!」

「つっ！」

次《つぎ》の瞬間《しゅんかん》、激《はげ》しい轟音《ごうおん》と共《とも》にギロンパは自爆《じばく》した！

嵐《あらし》みたいな強烈《きょうれつ》な爆風《ばくふう》に煽《あお》られて、私達《わたしたち》の体《からだ》はふわりと浮《う》き上《あ》がる。

「きゃ、きゃぁぁぁ――――！」

「美晴《みはる》、ライ、潮《うしお》！　こっちだ、掴《つか》まれぇぇ――――っ!!」

突風《とっぷう》に飛《と》ばされた私達《わたしたち》に手《て》を差《さ》し伸《の》べたのは、先《さき》にヘリに乗《の》り込《こ》んでいた旋風《つむじ》くんだ。

脱出用《だっしゅつよう》のヘリはすでに離陸《りりく》しかけていて、私《わたし》やライくんはギリギリのところでヘリのスキッド（足《あし》の部分《ぶぶん》）を掴《つか》む。

「この手《て》、絶対放《ぜったいはな》すんじゃねぇぞ！」

「つ、旋風《つむじ》くん……っ！」

旋風《つむじ》くんは顔《かお》を真《ま》っ赤《か》にしながら、潮《うしお》ちゃん、私《わたし》、ライくんの順《じゅん》で、一人《ひとり》ずつヘリの中《なか》へと引《ひ》き上《あ》げた。

離陸《りりく》したヘリはそこから一気《いっき》に急上昇《きゅうじょうしょう》し、大空《おおぞら》へと飛《と》び立《た》っていく。

眼下《がんか》では3日間《かかん》ギルティゲームをした牢獄《ろうごく》が崩《くず》れていた。

その時《とき》ひときわ大《おお》きな爆発《ばくはつ》が起《お》き、熱風《ねっぷう》が猛《もう》スピードで近《ちか》づいてくる。

「きゃあああぁぁ――――っ！」

「うわぁぁぁぁあ――――っ！」

すさまじい爆風《ばくふう》が脱出用《だっしゅつよう》のヘリさえをあっという間《ま》に吹《ふ》き飛《と》ばしてしまう。

ジェットコースターのように揺《ゆ》れるヘリの中《なか》でライくんに掴《つか》まりながら――私《わたし》はいつの間《ま》にか意識《いしき》を失《うしな》った。

エピローグ　「それ」から

見慣《みな》れた病室《びょうしつ》に、涼《すず》しい風《かぜ》が吹《ふ》いていた。

窓《まど》から見《み》える木漏《こも》れ日《び》は、まるで宝石《ほうせき》のように芝生《しばふ》の上《うえ》でキラキラと輝《かがや》いている。

とても平和《へいわ》な一日《いちにち》だった。

あまりに平和《へいわ》すぎて、もしかしてギルティゲームは幻《まぼろし》だったんじゃないのかな？

ふと私《わたし》はそんな都合《つごう》のいいことを考《かんが》える。だけど——

『全国各地《ぜんこくかくち》で発生《はっせい》している連続児童失踪事件《れんぞくじどうしっそうじけん》の続報《ぞくほう》をお伝《つた》えします。警視庁《けいしちょう》は各都道府県《かくとどうふけん》の警察《けいさつ》に、合同捜査本部《ごうどうそうさほんぶ》の設置《せっち》を指示《しじ》しました。現在《げんざい》わかっているだけでも不明児童《ふめいじどう》の数《かず》は１００人近《にんちか》くに達《たっ》しており——』

病室《びょうしつ》に設置《せっち》してあるテレビからは、悲《かな》しいニュースが延々《えんえん》と流《なが》れていた。日本全国《にほんぜんこく》で行方不明《ゆくえふめい》になっている小学生《しょうがくせい》はおよそ１００人《にん》。それはギルティゲームに参加《さんか》した人数《にんずう》と一致《いっち》している。

「美晴《みはる》、リンゴ剥《む》いたわよ。食《た》べる？」

「あ、お母《かあ》さん……」

ここは北上内科医院《きたかみないかいいん》。私《わたし》のお父《とう》さんが院長《いんちょう》を務《つと》めている病院《びょういん》だ。

「よし、もう熱《ねつ》もないわね。明日《あした》から学校《がっこう》に行《い》けるんじゃない？」

「うん……」

私《わたし》は素直《すなお》にうなずいてみせるけど、気分《きぶん》は暗《くら》くふさぎ込《こ》んだまま。

ギルティゲームの生々《なまなま》しい記憶《きおく》と恐怖《きょうふ》に、今《いま》もまだ囚《とら》われているからだった。

私《わたし》がギルティゲームから脱出《だっしゅつ》したのは、今《いま》から3日前《かまえ》の話《はなし》だ。

最終的《さいしゅうてき》にギロンパと真正面《ましょうめん》から戦《たたか》い、間一髪《かんいっぱつ》のところでヘリで牢獄《ろうごく》を脱出《だっしゅつ》した。だけど激《はげ》しい爆風《ばくふう》によってヘリが吹《ふ》き飛《と》ばされ、いつの間《ま》にか意識《いしき》を失《うしな》ってしまった。

次《つぎ》に気《き》づいた時《とき》——

私《わたし》は自宅《じたく》である北上医院《きたかみいいん》のベッドの上《うえ》にいた。私《わたし》の目覚《めざ》めを待《ま》って付《つ》き添《そ》ってくれていたお母《かあ》さんに聞《き》くと、私《わたし》は家《いえ》の近《ちか》くの道路《どうろ》で一人《ひとり》倒《たお》れていたらしい。

「違《ちが》うよ、私《わたし》はギルティゲームに無理《むり》やり参加《さんか》させられて、命《いのち》からがら逃《に》げてきたんだよ！」

目覚《めざ》めてすぐ、私《わたし》はお父《とう》さんやお母《かあ》さんに自分《じぶん》の体験《たいけん》してきたことを泣《な》きながら説明《せつめい》した。でもお父《とう》さん達《たち》は「頭《あたま》を強《つよ》く打《う》ったのか？」と私《わたし》の話《はなし》を信《しん》じてくれない。

なぜならその日《ひ》の日付《ひづけ》は5月《がつ》17日《にち》。つまりギルティゲームが始《はじ》まったあの日《ひ》のままだった……から。なぜかギルティゲームに参加《さんか》した3日間《かかん》が、丸々《まるまる》なかったことになっていたのだ。

「それに牢獄《ろうごく》から逃《に》げてきたと言《い》うなら、脱出用《だっしゅつよう》のヘリコプターはどこにある？」

「美晴《みはる》の洋服《ようふく》はほとんど汚《よご》れていなかったわよ？」

お父《とう》さんやお母《かあ》さんに次々《つぎつぎ》と矛盾点《むじゅんてん》を指摘《してき》されて、私《わたし》は答《こた》えに詰《つ》まった。

もしかしてあれは全部夢《ぜんぶゆめ》だったのかな？

本当《ほんとう》はギロンパなんて存在《そんざい》しなくて、誰《だれ》も死《し》んでいないのかも……。

楽観的《らっかんてき》にそう信《しん》じられればどれだけ楽《らく》だっただろう。

だけど麻耶《まや》ちゃんや疾風《はやて》くん、そして恭哉《きょうや》くんとの思《おも》い出《で》が、あれは現実《げんじつ》なんだと強《つよ》く訴《うった》えかけているような気《き》がした。

記憶《きおく》がはっきりしないまま病室《びょうしつ》のベッドの上《うえ》でボーッとしてると、不意《ふい》にスマホが鳴《な》った。ぼんやりと画面《がめん》を確認《かくにん》してみれば、稲妻《いなずま》のマークがピカピカ光《ひか》ってる。

(この稲妻《いなずま》のアイコン……。もしかして⁉)

私《わたし》はドキンッと胸《むね》を高鳴《たかな》らせ、急《いそ》いでトークアプリを起動《きどう》した。するとそこには予想《よそう》していた通《とお》りの人物《じんぶつ》からのメッセージが届《とど》いてた。

『美晴《みはる》、無事《ぶじ》か？　無事《ぶじ》ならいつでもいいから返信《へんしん》してくれ』

それはギルティゲームを一緒《いっしょ》に生《い》き残《のこ》ったライくんの……。

大切《たいせつ》な仲間《なかま》からのコンタクトだった。


『よかった、美晴《みはる》ちゃんもライくんも無事《ぶじ》だったんですね！』

『オレ達《たち》もなんとか命《いのち》からがら家《いえ》に帰《かえ》ってきたぜ！』

『潮《うしお》ちゃんに旋風《つむじ》くん……。それにライくんも……。やっぱりギルティゲームは夢《ゆめ》じゃなかったんだね』

『夢《ゆめ》であればどれほどよかったかと思《おも》うけどね』

その日《ひ》のうちに、潮《うしお》ちゃんや旋風《つむじ》くんともライくん経由《けいゆ》で連絡《れんらく》が取《と》れた。

みんな住《す》んでいる所《ところ》が日本全国《にほんぜんこく》バラバラで、すぐに会《あ》うことはできない。

代《か》わりにトークアプリの通話機能《つうわきのう》を使《つか》って、お互《たが》いの近況《きんきょう》を報告《ほうこく》し合《あ》った。

『うちの親《おや》は疾風《はやて》がいなくなって泣《な》き暮《く》らしてるよ。一応《いちおう》ギルティゲームのことも話《はな》したんだけど、警察《けいさつ》も学校《がっこう》の先生《せんせい》もオレの言《い》うこと信《しん》じてくれなくて……』

『潮《うしお》もです……。麻耶《まや》ちゃんのお母《かあ》さんが何度《なんど》も訪《たず》ねてくるんですけど、もう死《し》んでしまったなんて、とてもじゃないけど言《い》える雰囲気《ふんいき》じゃないです』

『一応《いちおう》ゲームのこと、スマホやタブレットに全部録画《ぜんぶろくが》してたはずなんだけど……。オレの持《も》ってる映像《えいぞう》は全部誰《ぜんぶだれ》かに初期化《しょきか》されてた』

と、ライくんも証拠《しょうこ》を残《のこ》せなかったことをすごく悔《くや》しがっていた。

結局生《けっきょくい》き残《のこ》った今《いま》も、ギルティゲームについてはわからないことだらけだ。

ギロンパの正体《しょうたい》って誰《だれ》？　私達《わたしたち》が乗《の》っていたヘリはどこに消《き》えてしまったの？

それに、どうして日付《ひづけ》が5月《がつ》17日《にち》のままだったんだろう……？

あまりにも謎《なぞ》が多《おお》すぎて、私達《わたしたち》は途方《とほう》に暮《く》れてしまう。

それでも私《わたし》の心《こころ》の中《なか》には、今《いま》、はっきりと芽生《めば》えた強《つよ》い想《おも》いがある。

『あのね、私《わたし》……お医者《いしゃ》さんになる。勉強《べんきょう》は苦手《にがて》だけど、絶対《ぜったい》いつかヤワラカッチを開発《かいはつ》してみせるんだ。そうしたらギルティゲームの犠牲《ぎせい》になったみんなを助《たす》けられるもんね』

『美晴《みはる》ちゃん！』

『おう、そう来《こ》なくっちゃな！』

私《わたし》の覚悟《かくご》を聞《き》いて、電話《でんわ》の向《む》こうの旋風《つむじ》くんや潮《うしお》ちゃんの声《こえ》が明《あか》るくなった。

近《ちか》い将来《しょうらい》、もしかしたらこの世界《せかい》にギロンパが現《あらわ》れて、カチコッチを武器《ぶき》に人々《ひとびと》を恐怖《きょうふ》に陥《おとしい》れるかもしれない。だけどヤワラカッチさえあれば、ギロンパと対等《たいとう》に戦《たたか》うことができる。だからいつかやってくるその日《ひ》まで、私《わたし》はできる限《かぎ》りの努力《どりょく》をしようと思《おも》うのだ。

『潮《うしお》も……です。潮《うしお》ももっと強《つよ》くなりたい、です。これからも麻耶《まや》ちゃんみたいに、いざという時《とき》に大事《だいじ》な友達《ともだち》を守《まも》れるような、そんな強《つよ》い女《おんな》の子《こ》に……』

『うん、きっとなれるよ、潮《うしお》ちゃんなら』

私《わたし》がそう励《はげ》ますと、ライくんと旋風《つむじ》くんの苦笑《くしょう》する声《こえ》が聞《き》こえてきた。

『つか、潮《うしお》は今《いま》のままでも充分強《じゅうぶんつよ》いだろ。本気《ほんき》になったら超怪力《ちょうかいりき》だし』

『………、ホント。ギロンパにくらわした体当《たいあ》たりとか強烈《きょうれつ》だったもんな』

『もう旋風《つむじ》くん！　ライくんったら！』

潮《うしお》ちゃんが拗《す》ねると同時《どうじ》に、ぷっと明《あか》るい笑《わら》い声《ごえ》が漏《も》れた。

大切《たいせつ》な友達《ともだち》や肉親《にくしん》を亡《な》くした悲《かな》しみはまだ癒《い》えない。

ううん、癒《い》える日《ひ》なんて永遠《えいえん》に来《こ》ないのかもしれない。

それでも……。

それでも恐怖《きょうふ》には屈《くっ》しない。絶対《ぜったい》に希望《きぼう》を捨《す》てたりしない。

勇気《ゆうき》を出《だ》せばどんな巨大《きょだい》な悪《あく》とも戦《たたか》えると、私達《わたしたち》は身《み》をもって学《まな》んだから。

こうしてギルティゲームを生《い》き残《のこ》った私達《わたしたち》4人《にん》の間《あいだ》に強《つよ》い絆《きずな》が生《う》まれた。

たくさんの悲《かな》しみや恐怖《きょうふ》と引《ひ》き換《か》えに手《て》にした――それは最高《さいこう》の宝物《たからもの》だった。


夕方《ゆうがた》になり、私達《わたしたち》はこれからも連絡《れんらく》を取《と》り合《あ》おうと約束《やくそく》して、通話《つうわ》アプリを切《き》った。

みんなからエネルギーをもらった私《わたし》はベッドの上《うえ》でうーんと背伸《せの》びをし、パジャマから洋服《ようふく》に着替《きが》えて病室《びょうしつ》を出《で》る。

「あら、美晴《みはる》。もう具合《ぐあい》はいいの？」

「うん、ずっと寝《ね》てばっかりで体《からだ》がなまってるから、少《すこ》しお散歩《さんぽ》してくるね」

「あらいいわね。いってらっしゃい」

久《ひさ》しぶりに元気《げんき》になった私《わたし》を見《み》て、お母《かあ》さんはすごく嬉《うれ》しそうだった。

外《そと》に出《で》ると、西《にし》の空《そら》にはきれいなオレンジと紺色《こんいろ》のグラデーションが広《ひろ》がっている。

気分転換《きぶんてんかん》しようと、私《わたし》は近《ちか》くの公園《こうえん》に向《む》かう。その途中《とちゅう》でスマホの通知音《つうちおん》に気《き》づいた。

（あれ？　新《あたら》しいメッセージが届《とど》いてる？）

アプリを確認《かくにん》すると、送《おく》り主《ぬし》は……ライくんだった。

さっきみんなで連絡《れんらく》を取《と》り合《あ》ったばかりなのになんだろう？　と画面《がめん》を開《ひら》けば、直球過《ちょっきゅうす》ぎるライくんのメッセージが目《め》に飛《と》び込《こ》んでくる。

『今度《こんど》暇《ひま》な時《とき》、二人《ふたり》きりで会《あ》える？』

「！」

ドキドキドキドキ……。

ライくんの言葉《ことば》少《すく》なな、だけど4人《にん》でいる時《とき》には話《はな》せなかったメッセージの内容《ないよう》を見《み》て、私《わたし》の鼓動《こどう》がまた勝手《かって》に速《はや》いリズムを打《う》ち始《はじ》める。

二人《ふたり》きりって……もしかしてそーゆー意味《いみ》？

私《わたし》、少《すこ》しは期待《きたい》しちゃっていい……のかな？

私《わたし》は焦《あせ》る気持《きも》ちを必死《ひっし》に抑《おさ》えながら、急《いそ》いで返信《へんしん》を送《おく》る。

『うん、私《わたし》も会《あ》いたい』

たった9文字《もじ》に込《こ》めた、それが今《いま》の私《わたし》の正直《しょうじき》な気持《きも》ち——。

(私《わたし》とライくんは未来《みらい》で結婚《けっこん》するってギロンパが……。もしかして本当《ほんとう》に、ライくんが私《わたし》の運命《うんめい》の人《ひと》、だったりして……)

すっかり浮《う》かれてしまった私《わたし》はスキップするような気持《きも》ちで、再《ふたた》び夕暮《ゆうぐ》れの道《みち》を歩《ある》きだした。

ライくんからの返信《へんしん》はまだかなー？　と、しつこいくらいにスマホを覗《のぞ》き込《こ》む。

「ウプププ、美晴《みはる》ちゃん、今《いま》とっても幸《しあわ》せそうな顔《かお》をしてるロンなー？　これが恋《こい》する乙女《おとめ》の顔《かお》？」

「！」

だから私《わたし》は、背後《はいご》から近《ちか》づく気配《けはい》に気《き》づくのに――遅《おく》れた。遅《おく》れてしまった。

数日前《すうじつまえ》も、同《おな》じようなシチュエーションを体験《たいけん》したはずなのに！

「ま、まさかギロン……」

「はい、ゲームオーバー♪」

「！」

――バキッ！

西《にし》の空《そら》に一番星《いちばんぼし》が輝《かがや》く中《なか》、私《わたし》は背後《はいご》から強《つよ》い衝撃《しょうげき》を受《う》け——あっけなく意識《いしき》を失《うしな》った。
バタンと道路《どうろ》に倒《たお》れた私《わたし》を見下《みお》ろすのは、あの邪悪《じゃあく》なシルエット——

「ウキャッ、油断大敵《ゆだんたいてき》♪　本当《ほんとう》の恐怖《きょうふ》はまだこんなものじゃないんだロ～ン☆」

——ギロンパの悪夢《あくむ》が、再《ふたた》び始《はじ》まる。

【おわり】

Shogakukan Junior Bunko

★小学館ジュニア文庫★

ギルティゲーム

2016年12月 5 日　初版第 1 刷発行
2017年 2 月18日　　　第 2 刷発行

著者／宮沢みゆき
イラスト／鈴羅木かりん

発行人／立川義剛
編集人／吉田憲生
編集／山口久美子

発行所／株式会社　小学館
〒101-8001　東京都千代田区一ツ橋2－3－1
電話　編集　03-3230-5105
販売　03-5281-3555

印刷・製本／加藤製版印刷株式会社

デザイン／伸童舎

Printed in Japan　　ISBN 978-4-09-231131-2

★「小学館ジュニア文庫」を読んでいるみなさんへ★

この本《ほん》の背《せ》にあるクローバーのマークに気《き》がつきましたか？

オレンジ、緑《みどり》、青《あお》、赤《あか》に彩《いろど》られた四《よ》つ葉《ば》のクローバー。これは、小学館《しょうがくかん》ジュニア文庫《ぶんこ》のマークです。そして、それぞれの葉《は》の色《いろ》には、私《わたし》たちがジュニア文庫《ぶんこ》を刊行《かんこう》していく上《うえ》で、みなさんに伝《つた》えていきたいこと、私《わたし》たちの大切《たいせつ》な思《おも》いがこめられています。

オレンジは愛《あい》。家族《かぞく》、友達《ともだち》、恋人《こいびと》。みなさんの大切《たいせつ》な人《ひと》たちを思《おも》う気持《きも》ち。まるでオレンジ色《いろ》の太陽《たいよう》の日差《ひざ》しのように心《こころ》を暖《あたた》かにする、人《ひと》を愛《あい》する気持《きも》ち。

緑《みどり》はやさしさ。困《こま》っている人《ひと》や立場《たちば》の弱《よわ》い人《ひと》、小《ちい》さな動物《どうぶつ》の命《いのち》に手《て》をさしのべるやさしさ。緑《みどり》の森《もり》は、多《おお》くの木々《きぎ》や花々《はなばな》、そこに生《い》きる動物《どうぶつ》をやさしく包《つつ》み込《こ》みます。

青《あお》は想像力《そうぞうりょく》。芸術《げいじゅつ》や新《あたら》しいものを生《う》み出《だ》していく力《ちから》。立場《たちば》や考《かんが》え方《かた》、国籍《こくせき》、自分《じぶん》とは違《ちが》う人《ひと》たちの気持《きも》ちを思《おも》い、協力《きょうりょく》しあうことも想像《そうぞう》の力《ちから》です。人間《にんげん》の想像力《そうぞうりょく》は無限《むげん》の広《ひろ》がりを持《も》っています。まるで、どこまでも続《つづ》く、澄《す》みきった青《あお》い空《そら》のようです。

赤《あか》は勇気《ゆうき》。強《つよ》いものに立《た》ち向《む》かい、間違《まちが》ったことをただす気持《きも》ち。くじけそうな自分《じぶん》の弱《よわ》い気持《きも》ちに立《た》ち向《む》かうことも大《おお》きな勇気《ゆうき》です。まさにそれは、赤《あか》い炎《ほのお》のように熱《あつ》く燃《も》え上《あ》がる心《こころ》。

四《よ》つ葉《ば》のクローバーは幸《しあわ》せの象徴《しょうちょう》です。愛《あい》、やさしさ、想像力《そうぞうりょく》、勇気《ゆうき》は、みなさんが未来《みらい》を切《き》りひらき、幸《しあわ》せで豊《ゆた》かな人生《じんせい》を送《おく》るためにすべて必要《ひつよう》なものです。

体《からだ》を成長《せいちょう》させていくために、栄養《えいよう》のある食《た》べ物《もの》が必要《ひつよう》なように、心《こころ》を育《そだ》てていくためには読書《どくしょ》がかかせません。みなさんの心《こころ》を豊《ゆた》かにしていく本《ほん》を一冊《さつ》でも多《おお》く出《だ》したい。それが私《わたし》たちジュニア文庫編集部《ぶんこへんしゅうぶ》の願《ねが》いです。

みなさんのこれからの人生《じんせい》には、困《こま》ったこと、悲《かな》しいこと、自分《じぶん》の思《おも》うようにいかないことも待《ま》ち受《う》けているかもしれません。どうか「本《ほん》」を大切《たいせつ》な友達《ともだち》にしてください。どんな時《とき》でも「本《ほん》」はあなたの味方《みかた》です。そして困難《こんなん》に打《う》ち勝《か》つヒントをたくさん与《あた》えてくれるでしょう。みなさんが「本《ほん》」を通《つう》じ素敵《すてき》な大人《おとな》になり、幸《しあわ》せで実《みの》り多《おお》い人生《じんせい》を歩《あゆ》むことを心《こころ》より願《ねが》っています。

小学館ジュニア文庫編集部

★小学館ジュニア文庫★ ワクワク、ドキドキがいっぱいのラインナップ

ぐらん×ぐらんぱ！ スマホジャック

12歳の約束
白魔女リンと3悪魔 フリージング・タイム
白魔女リンと3悪魔 レイニー・シネマ
白魔女リンと3悪魔 スター・フェスティバル
白魔女リンと3悪魔 ダークサイド・マジック

のぞみ、出発進行!!
バリキュン!!
ホルンペッター
さくら×ドロップ レシピ1：チーズハンバーグ
ちえり×ドロップ レシピ1：マカロニグラタン
みさと×ドロップ レシピ1：チェリーパイ
ミラチェンタイム☆ミラクルらみぃ
メデタシエンド。 ～ミッションはおとぎ話のお姫さま……のメイド役!?～

もしも私が【星月ヒカリ】だったら。
夢は牛のお医者さん
螺旋のプリンセス

〈思わずうるうる…感動ストーリー〉

きみの声を聞かせて 猫たちのものがたり—まぐ・ミクロ・まる—
こむぎといつまでも—余命宣告を乗り越えた奇跡の猫ものがたり—
世界からボクが消えたなら 映画「世界から猫が消えたなら」キャベツの物語
世界から猫が消えたなら
世界の中心で、愛をさけぶ
天国の犬ものがたり～ずっと一緒～
天国の犬ものがたり～わすれないで～
天国の犬ものがたり～未来～
天国の犬ものがたり～夢のバトン～
天国の犬ものがたり～ありがとう～

動物たちのお医者さん
わさびちゃんとひまわりの季節